난 아무 곳에도 가지 않아요

현택훈

시인의 말

이별을 슬퍼하며 청춘을 다 보내니 후회가 남는다. 헤어
지고 난 후에도 밥맛을 잃지 않아서 내 사랑을 의심했다. 세
상 앞에서 좀 더 의젓해야 하는데 울 궁리만 하는 난 참 어리
다. 떠나는 사람을 붙잡으려 시를 썼더니 그 사람이 떠나지
않고 옆에 있다. 그 사람이 잘 떨어지지 않아 난처하다. 제
발 이제, 그만 잊어야 하는데 당신은 내게 귓속말로 속삭인
다. 난 아무 곳에도 가지 않아요, 난 아무 곳에도 가지 않아
요. 귀를 막아도 다 들린다. 바람 소리, 귀뚜라미 우는 소리,
버스 차창에 흐르는 노랫소리, 테니스장 롤러 구르는 소리,
시집 책장 넘기는…….

2018년 10월
서귀포에서 현택훈

난 아무 곳에도 가지 않아요

차례

1부

2부

3부

4부

해설

1부

지구에서 십 년 살아보니

바늘귀가 들은 건 호롱불 흔들리는 이야기였지 바느질로 기운 겨울 밤하늘은 스무고개를 하며 찾아가는 길이었지 우수리에서 불어오는 북동풍, 그 차가운 목소리가 귀밑에 입을 맞췄어 어린 감나무가 있던 집 애기업개로 살다 간 삼양 고모는 열여섯 살이었어 삽사리문고 읽다 까무룩 잠들면 수천 년이 흘렀던 거야 옛이야기 속 누이는 다 슬픈 건지 솜이불 다독이는 소리 낮아졌지 비키니 옷장 속에 숨어 얼굴을 묻으면 라디오 소리가 더 잘 들렸어 엄마 키만 한 기타를 갖고 싶었어 이름난 별자리 옆에는 탁아소가 성행이었고,

우리말 사전

누굴까요 맹물을 타지 않은 진한 국물을 꽃물이라고 처음 말한 사람은

며칠 굶어 데꾼한 얼굴의 사람들은 숨을 곳을 먼저 찾아야 했습니다 마을을 잃어버린 사람들 한데 모여 마을을 이뤘습니다 눈 내리면 눈밥을 먹으며 솔개그늘 아래 몸을 움츠렸습니다 하룻밤 죽지 않고 버티면 대신 누군가 죽는 밤 찬바람머리에 숨어들어온 사람들 봄 지나도 나가지 못하고 동백꽃 각혈하며 쓰러져간 사람들 사람들 꽃물 한 그릇 진설합니다

누굴까요 오랜 가뭄 끝에 내리는 비를 비꽃이라고 처음 말한 사람은

그림자놀이

가늘고 긴 손가락이 내 목덜미를 잡았을 때
눈 부신 해를 바라보며 두 눈을 찡그려야 했고

키 큰 건물의 그림자가 내 머리 위에 앉았을 때
정오 무렵 공원 벤치에 앉아
담배를 피우는 사람이 선명하게 보였고

고양이는 물감을 입에 물고 가다가 깨닫고
난 이제 내일부턴 아마 달라질 것만 같고*

그늘에서 나오던 먼지가 나무의 돌이 되었을 때
스테이플러로 찍어둔
너의 마지막 페이지

여우는 손가락에서 나와
벽에 붙어먹고
때론 그림자가 길쭉하게 왜곡되듯
걸어가는 길

왜 사랑은 그림자가 이렇게 길고 서늘할까

양지사진관에서 찍은
증명사진 찾으러 가는 길

*들국화의 노래 〈난 이제 내일부터는〉 중에서.

14

솜반천길

물은 바다로 흘러가는데
길은 어디로 흘러갈까요
솜반천으로 가는 솜반천길
길도 물 따라 흘러
바다로 흘러가지요
아무리 힘들게
오르막길 오르더라도
결국엔 내리막길로 흘러가죠
솜반천길 걸으면
작은 교회
문 닫은 슈퍼
평수 넓지 않은 빌라
솜반천으로 흘러가네요
폐지 줍는 리어카 바퀴 옆
모여드는 참새 몇 마리
송사리 같은 아이들
슬리퍼 신고 내달리다
한 짝이 벗겨져도 좋은 길

흘러가요
종남소, 고냉이소, 도고리소,
나꿈소, 괴야소, 막은소……
이렇게 작은 물웅덩이들에게
하나하나 이름 붙인
솜반천 마을 사람들
흘러가요

성환星渙

　내가 이렇게 운구차에 실리고 있는데 다른 친구들처럼 날 들어주지도 않고 날 위한 시를 쓰지 못한 네가 무슨 친구냐며 시인이냐며 그런 시인 친구 필요 없다며 양지공원 어두운 한낮에 흩어진 별빛들이 구름의 목울대를 가득 채우며

　널 찾았다며 신문에 난 네 이름 보고 반가워 신문사에 전화했다며 어떻게 그동안 연락을 안 할 수 있느냐며 치킨집에서 오백 잔을 부딪치며 다음 동창회 때 꼭 나오라며 그때 깐돌이도 온다 했다며 건강은 어떠냐는 말에 예전에 수술했는데 괜찮다며 걱정 말라며

　첫아이 태어났다며 자정 무렵 어서 산부인과로 오라며 넌 시인이니까 우리 아이 이름 지어달라며 아니면 축시라도 써줘야 하는 거 아니냐며 술 가득 부으라며 우리 친구지이 흥얼흥얼거리며 밤바람이 제법 찬데 걸어갈 수 있다며 나도 이제 아빠가 됐다며 너도 빨리 결혼하라며

　제대하고 고향에 와서 백수일 때 다니던 회사 거

래처 공업사에 나를 취직시켜주며 집에만 있지 말고 일하면서 시 쓰라며 그리고 시 쓰려면 연애를 해야 하는 거 아니냐며 잘 봐둔 경리 아가씨가 있는데 시 쓴다 해도 뭐라 하지 않을 정도로 착하다며 넌 시를 쓰니까 고백을 시로 해보라며

　우리 서로 군대 있는 동안 서로에게 위문편지를 써주자며 넌 시를 좋아하니까 편지 대신 시를 써서 보내주면 되겠다며 강원도 철원 밤하늘 바라보며 쓴 시를 보내줬더니 답장에 경기도 파주 밤하늘도 별이 흩어진다며

　고등학교 졸업 앞둔 겨울방학 함께 바다에 가자며 넌 시인이 꿈이니까 나중에 시인이 되면 날 위해 시를 써주라며 바닷가에 글씨를 쓰면 파도가 지워버리는 열아홉 살 아이는 셋 낳을 거라며 네가 시를 쓰면 제목을 내 이름 성환으로 해달라며

일일 호프

지난밤 꿈이 일일 호프 같아
하루 빌려 노래하고 춤춘 그곳

정체 모를 사람도 정겨워서
하루가 가는 게 분명해서 좋은 밤

오늘의 교훈
다신 일일 호프를 계획하지 말자

완벽하게 비참해지기로 했던 각오를
되풀이하지 않는 건
중쇄를 찍는 것처럼 어려워

바닷가 트램펄린에서
돌고래를 보기 위해 몸을 튕기는
소년의 날

그런 날은 일일 호프 같아

하루 빌려 노래하고 춤춘 그때

죽어가는 뱀을 위한 송가

우리는 물 가까이 텐트를 쳤다
그곳에서 물소리를 들으며
불안과 별빛이 공존하는 것에 대하여 노래했다
밤늦도록 잠이 오지 않았으나
아침에 깨어보니 이미 우리는
저녁부터 잠들어 있었다

이튿날 텐트가 있던 자리에 죽은 뱀이 있었다
우리가 들었거나 불렀던 노래는
죽어가는 뱀을 위한 송가였는지도 모른다
뱀 때문에 말랑말랑했던 바닥
미필적 고의로 잊어버린 구름이 다 녹슬었다

우리는 옷을 모두 벗고 헤엄을 쳤다
그녀의 가슴과 엉덩이에 물방울이 맺혀 있었다
들판에 나가보니 수백 개의 텐트가
줄 맞춰 연주를 기다리고 있었다
스피커에서 낯익은 노래가 울려 퍼지자

사람들이 기지개를 켜며 텐트 밖으로 나왔다
모두 알몸이었다
하나도 부끄럽지 않았다

캠프는 사흘을 넘지 않기 마련이다
서둘러 텐트를 갰을 때
비가 오지 않았는데 수위가 많이 올라왔다
텐트를 짊어지고 있어서인지 택시가 잘 서지 않
았다
겨우 트럭 하나를 얻어 탔는데
돌아가야 할 도시의 이름이 생각나지 않아
당황스럽다가 매우 부끄러워졌다

리조트만 봐도 그래

항구 근처 호텔에 투숙했는데 유리창 밖으로
바다가 보이지 않았다
이번 생은 이 정도쯤은 감내해야 하는 걸까

꿈에 임을 만나서 좋은 일이 생길 거라 기대했는데
호텔 창밖 하얗게 빛나던 벽이 생각났다
아무도 만나지 못한 채 누워 잠든 밤은 길었다

일기예보에서 눈이 온다고 했는데 눈은 오지 않
았다
보름만 지나면 봄이고 코코아 유통기한은 쓸데없
이 길다
깨끗하고 투명한 호텔 유리창처럼 까닭 없이

소설 마지막 페이지를 넘겼지만
그녀가 떠난 이유는 끝내 나오지 않았다

토끼 농장

태풍이 지나가는 밤
우리는 아무 말도 하지 않았다
기상 캐스터는 태풍에 대비하라고 주장했지만
우리는 귓등으로 들었다

둥둥 떠다니는 토끼들
태풍이 뱀처럼 농장을 할퀼 거라고
유리창의 다문 입이 말하고 있었다

토끼풀 뜯기 지겹다고
토끼집 만들 나무상자 없다고
토끼 삶을 때 냄새난다고

비바람에 흩날린 연둣빛 나뭇잎들이
더덕더덕 붙어 있는 눈동자
속눈썹이 웃자란 억새 같았지만
여름인데도
솜이불을 붉은 얼굴까지 끌어당겼다

귀 잘린 토끼가 젖은 몸으로

부엌에 들어와

석유곤로 심지에 불을 지피던 밤

열세 살 바다

그때 난 처음 알았어
바다가 푸르지 않고 붉다는 걸

부끄러움보다 뜨거운 바다에서
나는 아주 오래 머물 거라 생각했어

전복이나 소라도 별반 다르지 않다는 걸
검붉은 내장을 떼면서

바다를 그리워하기 시작했어
바닷물이 피가 되어 돌았어

소녀의 꿈

엄마, 난 커서 해녀가 될 거예요. 바닷속에 집을 짓고 낮엔 그 속에 들어가 살 거예요. 전복으로 지붕을 올린 집에서 물고기들과 함께 놀 거예요. 그 집은 따뜻하고 부드러운 집. 집 앞엔 꽃도 심을 거예요. 해초들이 물결에 흔들리며 내게 손짓을 하겠죠. 그리고 돌아가신 할머니도 만날 수 있을 거예요. 평생 물질을 하시고도 바다로 돌아가겠다고 말씀하셨던 걸 나는 들었어요. 할머니가 바닷속 집에서 나를 반겨줄 거예요. 엄마, 난 커서 해녀가 될 거예요

아주 멀리 날아가는 새에게 물어 날아온
곳을 애기 들으면 달팽이의 삶이 조금 달
라지겠지

가위들이 헤엄을 치는 바다에 산다
가위의 수영법은 가위질 하는 것
물속을 가로지르며 가위질 해댄다
바다를 오려 배를 접을까
바다를 오려 비행기 접을까
하지만 그것들은 너무
축축해, 흥건해, 너무해, 사랑해
이 가위는 나무도 자르고,
건물도 자른다
귀를 자른 가위는 소리를 지르는데
가위 손잡이에 손가락을 끼워
손놀림을 하는 사람은 말이 없다
가위로 오린 배와 비행기와 꽃과
구름과 새와 개구리와 거북
멀리 가지 못하고,
멀리 가지 못한다

너무 많은 가위들
우리는 가위를 삼킨다
가위는 우리를 오리고
우리는 구멍 난 채
노래 위를 떠다닌다
언젠가 바다 끝에 다다르면
우리가 다시 노래가 될 때
그때는 가위를 노래할 수 있을까

음악 시간

지금 내가 다리를 떠는 것은
누군가 나를 흔들고 있어서야
오늘처럼 비 오는 밤이었지
그녀가 탬버린을 흔들었어

저녁에 휘파람 불면
유리창에 흐르는 하모니카 소리
하모니카 구멍에 그득한 겨울바람
가만히 떨리는 전깃줄

나뭇잎 피크로 연주하는 어쿠스틱 기타
그녀의 방에서 자라는 나무 한 그루
나뭇잎이 언제나 무성했지
바람에 흔들리는 어쿠스틱 기타 소리

어금니가 둥, 시외버스가 두둥,
계절이 두두둥
그녀는 북 속에 들어가 살고 있네

둥 두둥 두두둥

비에 젖은 악보는 물에 번져서
반음 정도는 틀려도 상관없지

못다 쓴 시
― 고故정군칠 시인

오일장 할머니 장터에 가서
할머니의 거친 손 들여다보고
철공소에서 튀는 불꽃을
또 가만히 들여다보고
봄꽃나무 즐비한 꽃집 앞에서
에쎄 클래식 한 대 피우고
삼덕빌라 202호로 들어와
봄동 배춧국으로 점심을 먹고
금성 오디오로 레너드 코헨 들으며
베란다 야고 분갈이를 하고
도서관 시 창작 교실 강의 자료 만들고
필사 노트에 좋은 시 한 편 옮겨 쓰고
서울에서 교편을 잡은
외동딸에게 이메일로 안부 묻고
지난 주말에 찍은 동백 낙화 사진
블로그에 올려놓고
에쎄 클래식 한 대 피우는데
시가 스멀스멀 신병身病으로 다가온다

어둠이 찻잔 속으로
침몰한다

우정 출연

내가 떠날까 봐 불안해한 적 없다는 걸 나는 알지 못하지 않는다
다시 말해 네가 나를 붙잡으려 한 적이 단 한 번도 있지 않았다는 말이다
그러니까 내가 떠난다 해도 너는 버스 정류장에 멍하니 앉아 있지 않을 거라는 걸 나는 알지 못하지 않는다
그래도 슬퍼하는 사람이 있을까 봐 난 노래해요

커피는 깊어가고 식은 밤을 먹어도 상관없는
부드럽게가 하루하게 흘러간다
젖은 빨래를 널어놓으면 형광등 불빛이 마르니까
커튼을 흔드는 빗방울 소리만 들어도 시를 써요

아주 멀리 가봤자 바닷가
까맣게 잊어봤자 구상나무가 기억한다
그리워하면, 만날 수 있다면 그리워하지 않는다고
나무 전봇대에게 귀띔해요

슬어놓은 알처럼 붙어 있다
도롱이처럼 매달려 있다
무좀처럼 사라지지 않는다
버짐처럼 피어난다

염소 똥처럼 동글동글해져요
여름날 돌멩이처럼 따뜻해져요
난 아무 곳에도 가지 않아요
귀뚜라미가 울면 복숭아가 익어요
넘기지 않은 달력처럼 어두워져요

2부

거북손

거북은 죽어 갯바위가 되고,
내 손을 잡아줘
내 손을 잡아줘
바닷물 머금고 손을 내민다

시 쓰기 좋은 도시에 삽니다

도시 불빛이란 빗방울을 보석으로 달 줄 압니다

철쭉이 있던 화단에 자전거 거치대가 들어섰다고 저녁 종려나무 그림자들이 도시 숲 연맹 성명을 발표하듯 입을 모으지는 않습니다

꽃은 해마다 이 자리를 지켰다면서 발 없는 나무라고 나무라지말라며 최후통첩으로 꽃 지는데 우리는 늘 먼 곳의 동산을 그리워하니까

이곳에 세워두었던 자전거들은 철쭉 물이 들지 않으려고 자전거 페달이 붉게 붉게 돕니다 돌아버리지 않고 어떻게 버틸 수 있느냐며 토로하는 것들에게 편지를 쓰면 썼지

섬의 설계도에 구름을 그린 건 악수惡手일까요 호연지기일까요 안개꽃 내려앉은 도시일까요 옥상에서 지저귀는 새의 시일까요

비 오는 날에도 지중화 공사가 한창입니다

다시 기원전으로 돌아가 너를 잊을까

박힌 돌이 내게 말하길 여기까지 오면 뭐가 달라지니

널 빼면 사랑의 유적지가 발견될 것만 같아

딱정벌레처럼 혼자 걷는 길 여전히 흔들리는 강아지풀

한강에서 같이 걷던 그 길 가로등 불빛에 보랗게 흔들리던

그 마음 붙잡고 수월봉 오르니 저 멀리 반짝이는 명륜동

네가 사는 오피스텔 창가에 두고 온 머리핀 반짝이네

도토리처럼 작게 말해도 다 들리던 시절이 있었네

이젠 옥 팔찌 하나 기억에서 출토될 것 같은 제주도 고산리

게스트 하우스에 가서 아주 일찍 잠들고 싶어

유리구슬 부딪치며 놀던 날들이 몇천 년 지난 것
같아
복숭아 아이스티 한 잔만 시키고 싶지 않아
들어가기 망설이는 찻집 앞에서 돌이 될 것만 같아

다시 돌아가 잊을까 너를 나 기원전으로
너를 다시 나 돌아가 기원전으로 잊을까
나 다시 기원전으로 돌아가 너를 잊을까

구름 박물관

뜬구름 잡는 소리를 좋아해요

오늘은 적란운을 유심히 바라봤죠

어제는 친구의 이야기를 맛보았고요

친구가 흘러간 곳으로

나도 따라 흘러갈까요

하지만 그곳에 꼭 한번 앉아보고 싶은 방석이나

사다리로 만든 의자가 있을 리 만무하죠

사랑은 가고 과거는 남는 것*

여름날의 정류장, 가을의 호프집

때론 구름이 당신 눈 밑까지 내려와

나는 그 젖은 구름 위에서 낮잠을 자요

그것은 슬픈 꿈이죠

가장 슬픈 꿈은 허무하게 끝나버리는 꿈이에요

나는 오늘도 구름 박물관에서 반나절

떠다녔네요

사랑은 빈 선물용 박스처럼

구석진 하늘 귀퉁이에 놓여 있어요

하지만 어떡해요

이 지구도 구름처럼 떠 있잖아요

내가 붙잡은 것들이 가방에 가득하고

나는 집으로 가는 버스에서도

두둥실 떠올라

다른 사람들의 지친 눈총을 받아요

그러니까 우리

허무맹랑한

사랑을 해요

* 박인환의 시 「세월이 가면」 중에서.

유선 노트

구름부터 담으려고 했지만 이미 너무 많이 걸어와
버렸다

안개를 빼고 쓴다면 부드러운 돌에 대해서 대답할
수 있겠지
그러면 독서실 푸른 창문까지 선을 이을 수 있을까
말하자면 노래할 수 있을까
하지만 그것은 아득하고 지난한 일

밤 바닷가에서 알몸으로 물에 들어갔던 날들의
달빛은
수많은 선으로 그어져 있어서 노트엔
납작하고 메마른 겨울이 잠들어 있다
그런 거라면 서랍 속에서 녹고 있는 아이스크림에
게 물을까

라디오를 빼고 말하면 복잡한 회로도 실마리가
풀릴 수 있겠지

하지만 그것은 해답이 눈에 보여서 오히려 어려운
문제
책상이라면 용서해주리라 기대했지만 돌아서면
낭떠러지인 세상에서 사람들은
마지막 페이지를 미리 넘겨보곤 하니까

소풍을 가지 못한 다람쥐들이
모여 사는 나라에서 불어오는 바람이
가방에 넣거나 들고 다니기에 적당한 꿈으로 기록
되었다

사람들은 새 노트를 펼쳤다가 이미
누군가의 기록이 있는 것을 보고 화들짝 놀라
괜스레 옆에 있던 사람의 안부가 궁금한 척 편지
를 쓴다
그러면 속눈썹이라는 가시가 축축한 채 돌아 있
는 노트가
눈을 뜬다

발신 번호 표시 제한 섬
― 내게 쓴 메일함

이미 사라진 별에서 오는 빛 같은
졸업식에 참석하지 않아도 티 나지 않던 녀석 같은
신문에 작게 난 무연고분묘 개장 공고 같은
얼굴은 기억나지 않고 귓불만 기억나는 소녀 같은

한때 즐겨 들었으나 잘 듣지 않는 음악처럼
플라스틱 아일랜드처럼
배달 사고 난 택배 상자처럼
지갑에서 빼는 순간 버려지는 명함처럼

메모가 오래되어 시가 된다면야
렌터카 타고 바다의 리코더 공원까지 갈 수 있다
면야
달력 그림이 마음에 들어 넘기지 않은 12월인데
몇 달째 12월로 지낼 수 있다면야
삼매봉도서관 도서 연체되어
발신 번호 표시 제한 섬으로 가는 버스에서
꾸벅꾸벅 졸다가 갈마도서관에서 눈을 뜰 수 있

다면야

　새로 산 구두에 취해 피노키오처럼 딸각거리며 걷
다가도

카라만다린*

    농업용수를 벌컥벌컥 마시던 여름이었다 잎사귀 밑에서 꾼 꿈이 여름이었다 빙하기가 다시 올 때까지 기다릴 수 없어서 여름이었다 산남으로 숨어들고 싶었지 노랗게 익어버린 게 무얼 더 바라겠냐며 톡톡 나뭇가지 잘리는 소리에 군침 흘리는 감귤창고는 여름이었다 중산간 마을의 밤은 별을 바라보기 좋다고 말해주던 네 얼굴은 말이 아니었지 나비처럼 앉아 있던 하얀 꽃잎 어디론가 날아가고 싶던 봄날 지나고 우리 이제 같은 신세라며 서로 의지하던 여름이었지 내 얼굴에 맺힌 빗방울을 혀로 핥으며 하루가 저물어도 좋았네 청치마를 입은 여름 하늘엔 하얀 다리 같은 구름이 살짝살짝 보였네 어쩔 수 없이 익어가야 했지만 내가 푸른 열매였을 때 버스비가 없으면 걸어도 좋았지 가지치기 당한 듯한 팔목들이 수북하게 쌓여 있는 너의 방 너의 집 대문은 여름 내내 푸르렀지 너의 교복은 봄 동안 푸르렀지 묘목의 마음으로 무구하게 살아온 지난날은 모두 여름이었다 가끔 비바람 몰아치는 날도 있었지만 삼나무는

여름 쪽으로 기울곤 해서

화살깍지벌레 없는 여름은
한낮에도 깊은 밤처럼 무서웠다

*미장온주와 킹만다린을 교잡한 감귤 품종으로 초여름에 수확
한다.

캠페인

제목만 읽은 책처럼 살아왔다
기억에 남으면 다 추억이 될 줄 알았다

날 붙잡은 건
일요일 밤 옆집에서 들려오는
리코더 소리

인도에는 못 가고 바라나시 책골목에라도
핀란드에는 못 가고
카모메식당에 가서 오니기리라도

코인 노래방에서 화장실에 갔다가
다시 노래방 문을 여니
내가 혼자 노래를 부르고 있었다
그것도 노래라고

이제는 계획만 하지 말자
여권 찾느라 반나절을

보내지 말자

일요일의 리코더는 월요일의 리코더를 부른다
제목도 생각나지 않는 책도 있다
홍임정도 노래하는데 뭘

여권을 눈에 잘 띄는 곳에 두려면
어디에 두는 게 가장 좋을까

은호를 찾습니다

이름 : 김은호
나이 : 아홉 살
성별 : 남
머리카락이 짧고 까끌까끌합니다
눈이 크고 겁이 많습니다
나만 보면 나를 끌어안습니다
여덟 살 때 계단에서 넘어져
무릎에 작은 흉터가 있습니다
학교 끝나고 집에 오면
언제나 나와 함께 놀아줍니다
눈 오면
눈사람 만드는 걸 좋아합니다
은호랑 산책하다가
내가 킁킁거리며 다른 곳으로 가다가
그만 낯선 트럭에 태워졌습니다
몇 시간을 달렸습니다
가까스로 탈출했지만
길을 몰라 이렇게 헤매고 있습니다

은호를 찾습니다
다시 만나게 되면 나는
팔짝팔짝 뛸 것입니다
국도를 따라 걷고 있습니다
차들이 쌩쌩 달립니다
아직 너무 먼 집입니다
은호도 분명 나를 찾고 있을 겁니다
내가 보고 싶어
눈물 흘리다 잠들었을 겁니다
내 이름은 복실이입니다

저 불빛

아주 가끔 유리병 속 내 집에
노래가 스며들곤 해
물결에 흔들려 희붐한 문손잡이
문을 열면 밀려드는 바닷물
창밖으로 떨어진 다이어리
컵에 어두침침한 그림자가 차올라
혼자 잠들고 혼자 거울 앞에 서는
바닷바람의 눈동자에 눈물이 흥건해
유리창에 얼핏 비친 누군가 낯익은데
어둠이 느리게 헤엄쳐 다니는 방
서랍은 세상에서 가장 깊은 해구
해령을 이룬 옷장엔 옷들이 해초처럼 흔들려
유리병 속 집에서 창밖으로 보는
저 멀리 바닷가 불빛
핸드폰 전원 버튼을 길게 누르는
흐리멍덩한 손가락
내 손을 잡지는 마
잡으면 손이 뭉개져버리니까

바닷가 모래 위에 나라가 있었지
유리병 속 시간이 밀물에 깎여
바닷속에서 바라보는
저 별빛

UFO

등은 거대한 한대 지역
등에서 코요테 한 마리가 산다
기류 타고 하늘 위를 비행한다
슬픔의 그림자보다 더 넓어서
하늘을 가득 채울 때도 있는데
사람들은 그냥 날씨가 흐린 걸로 안다
날 알아보는 사람은 거의 없어
아주 천천히 날아다녀도
알아보지 못하는 사람들
그 사람들이 추워
멸종 위기 동물처럼 차가워
난 구름 속을 헤엄쳐 다니는 걸 좋아한다
구름은 부드럽고
떠나온 별의 눈물을 닮았다
가끔 다른 불빛에게 손짓을 보내지만
대답해주지 않는다
그래도 어쩌다 꼬리나 날개 한쪽을 보고
알아보는 사람도 있지만

거짓말쟁이 취급을 당하니 미안해죽겠어

아주 오래전부터 이렇게 하늘을 날고 있다

가끔은 안개가 되어 건물 사이를 날아다니기도

한다

자정 무렵 사무실에 혼자 앉아

모니터를 바라보는 사람이 있다면

그 사람의 지친 눈빛이 유골함 같아서

건물을 휘감으며 꼭 안을 수밖에

발굴

출토된 것은 금으로 만든 것만 있는 것이 아니네
어두컴컴한 흙 헤치고 햇빛 향해 손 뻗은 것은,
검푸른 갈퀴 날리며 달리는 말발굽 소리와
나룻배처럼 나뭇잎 한 장 흘러가는 강물의 빛깔과
바람으로 빚은 듯 고와 반지를 끼워주고 싶은 손
가락과
풀피리 불던 입술을 기억하는 눈동자도 있네

치렁치렁 햇빛보다 더 화려한 금제金製는 없다는
것을
천년 지나야 깨달은 유물, 녹스는 것도 쉽지 않네
북쪽 무덤과 남쪽 무덤이 나란히 누워 있는 왕릉
왕관이나 목걸이의 주인은 왕도 여왕도 아니네
팸플릿으로 몇 장 넘겨버리는 출토 유물 특별전
도록
돌멩이처럼 묻혀 있는 옛이야기 간직한 돌무지덧
널무덤
이끼처럼 달라붙어 잘 떨어지지 않는 빗방울 화

석인 양
　후드득 흩뿌리고 지나가버린 왕국

　나는 새들의 날개가 반짝거리는 황금의 나라
　여전히 새들은 더 높이 날아올라 빛을 내고 싶어
하네
　잔디의 푸른 물기로 세월을 가늠해왔을 왕조
　금빛 허리띠 풀고 속곳을 걷어 올리던 밤은
　구름의 내력으로도 전해지지 않고,
　언제부터인가 이곳에서 속도는 우두커니가 되네

　쓰다듬으면 분홍빛으로 흔들렸던 가슴이
　햇빛이 타고 넘는 무덤의 곡선으로 남아 있네
　어제와 같이 오늘도 그림자 되어 땅에 내려온 새들
　몇 마리의 그림자, 날개를 푸덕이네

화성 착륙 기념 우표

손을 담그면 작고 여린 물고기들이 살랑거립니다.

답장하지 않으면 불행이 되는 행운의 편지가 사는 섬에서 삽니다. 그때 행운의 편지를 부치지 못한 죄로 나는 많은 불행을 안고 여기까지 온 겁니까. 누구는 그 편지를 받고 부치지 않았다가 거리의 악사가 되고, 또 누구는 그 편지를 부치지 않은 죄로 감각을 잃었다는데……. 불행이 오면 그 편지의 발신지를 추적하고 싶어집니다.

연못의 물은 밤이면 다시 맑게 차오릅니다.

맨 처음 편지를 쓴 사람도 있겠지만 나중에는 편지를 퍼트린 사람들이 편지에 주술을 걸었겠지요. 나와 내가 사랑하는 사람만 살아남으면 돼. 다른 사람들은 죽든 말든 나랑 상관없다며 물고기의 시를 쓰고 또 썼을 것입니다. 우편함에는 손가락이나 눈알이 들어 있을 때도 있어서 무화과가 놀라 뒤로 자빠지기도 합니다. 나는 어젯밤에도 늦은 답장을 썼다가 지웠습니다. 일부러 헤어진 애인에게 전화를 걸어 편지를 쓸 테니 받으라고 상처에 소금을 뿌립니다. 나는 며칠 전 또 편지 한 통을 받았습니다. 설마 행운의 편지는 아니겠지, 했는데 이젠 감동이 있을 뿐더러 문장마저 아름다운, 행운의 편지였습니다. 나는 그 편지를 찢어버리려다 한 자 한 자 정성 들여 필사했습니다.

글자들이 송사리들처럼 헤엄치고 있는 것 같습니다.

나도 누군가에게 근사하게 쓴 행운의 편지를 보낼 수 있을까요. 그 편지를 받고 다른 누군가에게 보낼 행운의 편지를 또 쓰지 않으면 철퇴를 맞은 것처럼 아파해야 할 일이 생길지도 모른다는 불안으로 살아야 하는 숙명을 받아들이게 할 시를 쓰게 만드는 편지를.

손에선 비린내가 사라지지 않습니다.

수목원에서

나뭇잎에 난 오솔길 따라 걸으면
녹색 지붕도 보이고 빨간 우체통도 보이네

물앵두나무를 닮은 소녀가
계단에 앉아 있는데 치마가 나풀거리네
계단 위로 올라가는 바람

그 애의 눈동자 속엔 구름 흐르고

새 발자국 따라 걸으면
언제나 낭떠러지 앞에서 끊기네

— 넌 늘 이런 식이었어
하필이면 이런 말이 떠오르고

나뭇잎 한 장을 다 돌면
뚝 떨어지는 나뭇잎

만지작거리던 나뭇잎은 두고 가야지
가랑잎 되어 서걱거리기 전에

환우患友

성급하게 말하면 이 모든 것은
다 약방기생 때문이다

의원은 말이 많지 않았다
의원이라면 꼭 그래야만 하는 것인지
맥을 한 번 짚어보고 그만이었다
그는 나를 거들떠보지도 않았으니까

까마귀가 날아와 울고 간 날에는
발바닥이 온통 짓물렀다

내가 의지할 데는 약방기생뿐이었다
나는 그녀를 위한 노래도 불렀고 땡깡도 부렸다
그녀의 피는 달짝지근했다

내가 별이 떨어진 자리를 찾아갔다가 돌아온 저
녁에
약방기생은 내게 갈근탕을 내밀었다

별 그림자 때문에 생긴 고열에 힘들었는데
며칠 뒤 나는 뜨겁지도 차갑지도 않은 눈이 생겼다

나는 약방기생의 무릎뼈도 달여 먹을 수 있었지만
아이슬란드에서 온 삼촌이나 나나
시멘트 벽을 갉아 먹어야 했다

완곡하게 말하면 약방에 기거하면서
내 병은 적당히 유지될 수 있었다

의원은 원칙이 견고했지만
약방기생은 유연해서 등이 활처럼 휘어지곤 했다

의원이 산 너머 마을로 왕진을 간 날
비마저 내리면 약방기생이
내 팔뚝의 맥을 짚어주기도 했지만
그녀는 나의 병명을 알지 못했다

나는 몇 번이나 몇 첩의 약을 가방에 넣고서
여우고개를 넘어 어둔 계곡으로 빠져들고 싶었다

약방기생이 의원의 방으로 들어가면 밤이 시작되
었다

단물

— 민승 형에게

시간은 껌을 질겅질겅 씹다가
자정 무렵이면 껌을 퉤 뱉어버린다
그림 그리는 형과 나는 단물 빠진 껌처럼
자정의 벤치에 앉아 있었다

형이 나에게 사루비아를 내밀었다
나는 형을 따라 사루비아를 빨아 먹었다
— 별빛의 속치마를 빨아 먹는 것 같지 않니?
그 순간 별빛이 진눈깨비처럼 흩날리는 것 같았다

형은 인도 여행을 다녀온 후 머리가 하얗게 셌다
고 했다
나는 인도 여행 관련 책만 읽었지 인도에 가보지
못했다
— 여행자들은 결국 바라나시에 다 모이게 돼 있어
형이 사루비아 목소리로 말했다
형의 눈동자는 이미 바라나시를 보고 있는 것 같
았다

자정이 지나면 다시 단물이 차오른다
시간은 껌을 좋아할까
시간도 하기 싫은데 억지로 껌을 씹고 있는지도
몰라

우리는 사루비아를 빨아 먹으며
단물이 되어갔다
형이 담배를 꺼내 물긴 했지만 이미 늦었다
형이 얼마나 달콤한 사람인지 시간이 너무 잘 알
고 있으니까
우리는 그냥 새벽빛 껌 종이를 기다리며 앉아 있었
다

홈런분식에서
— 시인 김세홍

오늘처럼 진눈깨비 날리면 장사가 잘되거든
진눈깨비는 내리지 호주머니는 헛헛하지
여기 이렇게 모여들 수밖에

한때 시를 썼다는 사장은 장사 수완이 좋다
술 취한 사람들 비위도 잘 맞춰주고
언강을 잘 부려 제법 단골도 있다

바다를 누볐을 물고기는 가공이 되어
겨울 거리를 헤엄치는 물고기가 되었다
평생 홈런 한 번 쳐본 적 없는 사람들
떼꾼한 얼굴로 오뎅을 쪽쪽 빤다

시상이 떠오르면 메모를 할 법도 하지만
시인도 한철이고, 장사도 한철인지라
물 들어왔을 때 보말을 잡아야지

간장 종지처럼 작은 희망 위로 내리는 진눈깨비

등에 큰 가방을 하나같이 메고 있는 중국인 가족이

김 모락모락 나는 오뎅 국물을 바라볼 때

시선을 돌리기 전에 사장이 어쭙잖은 중국어를

내뱉는다

해녀의 딸

열두 살부터 물질을 했다
바다는 서귀포 앞바다
소녀의 바다는 어둡고 깊었지만
파란 유리창마다 밀물이 밀려왔다
책을 펼치면 출렁이는 파도의 맛
초경을 하고 바닷가 마을에서 맞던 찬바람처럼
차가운 차창에서 먼바다로 가지 못하는 버스
자정 지나 도서관을 나오니
저 멀리 테왁 같은 달
그 아래
흔들리며 젖는 도대불 불빛
가라앉은 마음에는 빗창을 품고 있으나
수위가 높아지는 언덕을 올라
열 평 바다에 잠수해서 들어가면
초록색 거울 속에 몸을 숨기곤 한다
범섬 부근 바닷속으로 들어가면
고운 무지개의 길이 펼쳐져 있다는데
오늘밤 먼바다까지 가고 싶지만

물의 속곳이 해풍에 흔들려
소중이가 벗겨질까 봐 불안한 물질
미역 같은 머리카락 한 움큼 쥐고
다시 문을 여는 바다의 밤
바다는 서울 신림동 앞바다
길 건너편 모닥불처럼 타오르는 그곳
불턱에 불빛이 뭉근하다

열다섯 발의 탄환

여중 사격부의 눈동자는
말똥가리가 변압기 위에 앉아 쥐를 찾는 눈빛
흰자위가 합숙소 빨랫줄에 걸려 있는
하얀 교복 블라우스처럼 새하얗네
촌스러운 유니폼은 땀에 절어 지저분하고
눈빛은 이곳 아닌
다른 어딘가를 보고 있는 것도 같네
사격은
이곳의 공기를 그곳의 공기로 보내는 일
표적지를 바라볼 때
앳된 볼에도 붉은 기운이 돌고
가는 팔이 소용돌이 속으로 빨려 들어갈 것 같네
낚싯줄처럼 팽팽한 정적
파장의 선 하나를 잡겠네
그것은 선 하나만 잡으면 휙 빨려 들어가는 선수
의 길
열다섯 사격 선수는 히잡을 쓴 소녀 병사처럼
눈동자에 순간 두려움이 반짝이네

방아쇠를 당기는 떨림
탄착군은 운명의 점을 치는 일일까
AK-47보담 훨씬 가벼운 꿈을 향해
쏜다, 열다섯 발, 미끈한 탄환

두맹이

담장 속에 들어가 나오지 못하는 소년 소녀
공중에서 멈춘 축구공 위에 내리는 빗방울
비둘기 따라 달리다 먹구름 앞에서 멈춘 자전거
쇠락한 사람들의 어깨와
무릎을 접고 펴 계단이 됩니다
사람이 걷는 것이 아니라
골목길이 사람들 위를 걸어 다니고 있습니다
지난여름을 쿵쿵거리며 찾는 밤봉아
여섯 밤만 자면 여름방학이었는데
용설란보다 먼저 벽화가 된 여러해살이 사람들
집어던지기 좋은 일요일이 쨍그랑 깨지고
여전히 전파사 유리창 너머에서는
세 번째 서랍 속 행성
스프링 노트와 교신하고 있습니다
제주여상 옆 전람회레코드에서
부활의 〈비와 당신의 이야기〉가 흘러나오다 그친
맨홀 속 귀 무덤엔 찢어진 우산이 박혀 있습니다
보랏빛 교복 입은 여학생 가슴을

밟고 지나가는 두맹이 벽화 골목
공장 야근을 마치고 돌아오는
스무 살을 밟고 지나갑니다
골목길이 저벅저벅 사람들 위를 걸어 다닙니다
오늘은 낮은 창문 앞
시멘트 바닥이 되기로 합니다
아버지처럼 슈퍼 앞 평상 위에 앉아
OB맥주를 마십니다
길은 시간의 와음訛音이라고 씁니다

아마 이른 여름일 거야

오는 여름에는 바닷가 펜션에
쓸쓸하게 투숙할 거야
분홍색 캐리어를 열면
하얀색 바람이 고개를 내밀 거야
2인용 침대는
펜션에서도 과묵할 테고
바다가 보이는 베란다 유리창은
아득하게 투명할 거야
재스민 향처럼 다가오는
휴양지의 계단들
주차된 지 오래되어 보이는
빨간색 자동차에는 음악이 가득할 거야
지나고 나면 모두 음악이 된다는
뻔한 구절에 심드렁해질 거야
연고를 짜놓은 것 같은
모래 위를 거니는 첫 번째
여름의 연인이 있을 테고
알 거라고 생각하지만 모르고

지나치는 것이 보험약관만은 아닐 거야

재스민 향처럼 사라지는

휴양지의 벤치들

1200해리

가장 먼 곳은
손 닿을락 말락 한 곳까지 가라앉은 곳이었다
심해어로 살아왔대도 침은 거품,
어떤 말을 해도 다 과거형이고
조류 따라 흘러가는 이별이 시가 되는 날에
낯선 언어로 된 지도를 다시 펼쳐본다
물고기 그림자 너머 사라진 사람들
마지막 좌표를 확인하는 일은
퇴원사유서 받고 집으로 가는 길과 닮았다
붙잡는대도 끌어올릴 수 없는 지경
용골에는 조개껍데기가 다닥다닥 붙어 있다
먼바다를 지나면 바닷가에 다시 닿을 수 있을 거
라는
희망은 환상과 유의어였다
고서 같은 오래된 지도첩을 넘기며
폐에 가득한 해무를 연거푸 게워낸다
지도엔 사라진 섬도 있고
누군가의 낙서는 밤에 흘려 쓴 필체인 듯 정겹기

까지 해서

　물의 악기점은 자정이 지나도 불을 끌 줄 몰랐다

　스크루에 몸이 감긴 시간이 물거품 되어 올라오는

　항해, 침몰하는 저녁에 좌초한 먼지들

　너무 멀리 가버린 별빛

　너무 멀리 와버린 자정이라는 해리

　빛바랜 하늘의 색깔을 되뇌는

　탈수의 세계

3부

귀국 독주회

그가 귀국한 소식은
별님이 알았다

나뭇잎이 저물자 산새가
마을까지 내려왔다

낡은 집에 머문 찬바람이
귀뚜라미 소리에 귀를 연다

금빛 신협

돈을 빌리고
아주 멀리 떠날 거야

양말 두 켤레를
가방에 넣고

필름 없는
카메라를 들고

트럭이 지나가면
손을 흔들 거야

다시 돌아오지
못한다 해도

바닷가
야자나무 그늘에 누워
수백 년 전

꿈을 꿀 거야

너의 고백은
졸리고 따분해

기차를 타면 어느새
내 옆좌석에 와 앉아 있는
네가 지겨워

차창에 비친 얼굴이
낯설어질 때
낯선 얼굴의 사람과
사귈 거야

같은 농담을
두 번씩 하지 않아도
되잖아

리시버가 필요 없는
곳까지 가면
기지개를 켤 거야

연체통지서 같은 날들
모두 잊을 거야

고양이에게 전화 걸어
토끼의 신용등급을 묻지 않을 거야

옥수수 연료로 가는
택시를 타고
아주 멀리 떠날 거야

과일 향기를 먹고 산다는
새가
치르치르 미츠르 우는
숲에서 바다를 그리워해야지

거짓말쟁이들만 사는
편지에서 눈물한 소원을
파도하는 나뭇잎과

독촉고지서 같은 표정
모두 지울 거야

우선 금빛 신협에 가서
돈을 빌려야 할 텐데

거짓말할 것 같지 않은
모양으로 머리를 빗고

거울은 무당벌레 우산이끼를
정말만큼 자전거해

남도의원

바닷바람은 수평선에서 불어올까
푸른 알약이 쏟아진 듯한 바다

낡고 야윈 사람들은
원고지 한 칸 같은 병실에 들어가
비로소 슬픔을 분양받는다

더는 가망이 없다는 말을 들으러
남도의원으로 가는 사람이 있고,

바다가 보이는 의원에서
약으로 끼니를 때우는
사람이 있다

병원에서 겨울을 나면
얼굴이 눈사람처럼 하얗게 될 것이다

수평선 너머에는 어린 바람이 머물러 있을까

부근에 염전이 있었다고 하지만
공기에 남아 있는 소금기가
손톱만큼 남은 상처 부위에 얹힌다

오래된 병원
장기 입원 환자들은 자신의 병과 오래 사귄다

한 보름이나 한 달
남도의원에 입원하여
소원해진 병들의 안부를 묻는 사람이 있다

형식적 사랑

자세가 기억에 남아 그 계단을 다시 오를 수 있어
계단 끝에 서늘한 벼랑이 있다는 걸 바람이 계단
을 조각내며 일러주니까

막차가 끊긴 시간의 버스 정류장은 버스 냄새를
기억해
비 오는 날엔 물웅덩이가 다 차창이니까

보안등 불빛은 헌옷수거함을 어루만지네
몸을 기억하는 옷이 조금 들썩일 때 헌옷수거함
은 옅은 숨을 쉬니까

여기라는 형식으로 버려진 선풍기는 그곳이라는
형태로 묵었던 자리에 풀이 돋지
구부정한 선풍기가 저녁달을 물끄러미 올려다보
고 있었으니까

밤에 옅은 숨을 토하는 성체成體가 어디 한둘이어

야 말이지

　그림자의 모양이 건축허가표지판에 다 나와 있듯
기억은 기억을 기억하는 자정의 희망곡이니까

　기억나지 않아도 바람은 계단을 오르지만
　기억나지 않아도 바람은 계단을 오르지만

서귀포 자매

지연이는 초록색 치마가 물에 젖지 않으려고
치마꼬리를 꽉 움켜쥐지
지난여름에는 치마가 물에 흠뻑 젖어서
여름 감기에 걸려 혼났거든
허벅지에 붙어 있던 젖은 나뭇잎이
바다로 흘러가는 시간에도 책상 앞에 앉은 제연이는
구실잣밤나무 뒤에 숨고 싶은가 봐
점점 자신감이 없어지고
바람 불어 흩날리는 머리카락 물보라
가을미용실 가위질 소리 사각사각
그래도 동생 제연인 지연이가 부럽지
제연이는 한 살 터울인 언니한테
옷을 물려받는 게 못마땅했어
푸른 교복도 언니가 입던 옷을 입었지
하늘색 모자를 쓰고 계곡 아래로 내려가면
언니보다 수심이 깊어질까
"제연아, 걱정 말고 공부 열심히 해."
"언니가 한번 공부해봐라."

마음에 없는 소리
포스트잇처럼 뗄 수 있으면 좋겠지만
임용고시 이번엔 붙으라고
언니가 퇴근길에 찹쌀떡을 사 가는데
외로운 섬 처녀 치마 속으로 바람이 휘휘 부네*
천지연, 천제연 자매 오늘도 부둥켜안고
폭포처럼 눈물 흘릴까
바다로 흘러 흘러
우리 봄 바다에 가서 고메기나 담뿍 잡을까

*손지연의 노래 〈새를 만지려 하니 나비가 날아와 코를 만지고
달아난다〉 중에서.

세계의 아침 인사

우리 오늘 밤엔
세계의 아침 인사를 서로 건네볼까
나무 자전거로 만든 집에서는
창문이 따뜻한 이불이지
마지막 인사는 세계의 아침 인사
우리 오늘 밤엔
세계의 아침 인사를 서로 건네볼까
반나절 동안 빨래집게를 찾았는데
그새 젖은 옷이 다 말라버린 섬에서 살았네
소파에서 잠든 참새가 따뜻해
꽉 끌어안으면 심장이 터져
사랑해서 밟아버린 악기들
비명 같은 소리를 길게 뱉고
더는 디딜 곳 없는 곳에서
세계의 아침 인사를 할 거야
네가 부르는 노래는 모두 세계의 아침 인사
손톱 깎기 좋은 양지를 찾아다녔을 뿐인데
그럭저럭 살고 있다는 안부를

세계의 아침 인사로 건네 볼까

잘 지내느냐는 말을

구겨서 창밖으로 던지고 싶은 높이에 누워 잠들지

놀이터는 밤이면 훌쩍 자랐다가

낮이 되면 도로 아이가 된다는 내용이었던 것 같아

네가 내게 들려준 세계의 아침 인사는

놀이터 옆을 지날 때마다

호주머니에 손을 넣곤 해

이젠 잘못 탄 버스에서도 당황하지 않아

아무리 멀리 가도 섬에서 내릴 테고

바닷가 따라 걸으면 다시 장미커텐 앞

그곳에 쭈그리고 앉아

세계의 아침 인사를 듣겠지

세계의 아침 인사를 건네는 사람들

쇄빙선

차가운 속도로 올라갔다 내려간다
서로 목적지를 묻지 않아도 될 정도의
선창을 갖고 있는 승객처럼
굳게 다문 입, 벽과 거울과 천장과
재작년에 간 바닷가를 바라본다
문이 열리면 생각이 쏟아진다
하얀 비린내가 고여 잘 빠지지 않는
엘리베이터, 수직 하강 물고기
뻐끔거리면 문이 열리고
고요한 바다가 쏟아진다
그곳에서는 누구나 시인이 되어
고독한 척 수심이 가득하다
호기심 많던 아이도 엄마
치마폭 사이로 눈동자를 감춘다
7층에는 시인이 살고
9층에도 시인이 산다
아이는 엘리베이터에서 고독을 배운다
간혹 엘리베이터 대신 허공에

몸을 싣는 경우도 있지만
사연은 먼 바닷가에 가서
부치지 않는 엽서에나 써야지
엘리베이터는 언제부터 내성이 생긴 걸까
이 건조한 모래 알갱이들 씹으며
점점 바윗덩이처럼 단단해지는 시간
얼어붙은 심장을 가르는 항해
차가운 속도로 내려갔다 올라간다

서귀포 씨 오늘은

서귀포 씨 오늘은 어딜 가나
서귀포시 구 시외버스터미널 옆 카페 우군
버스 몇 대 놓쳐도 괜찮아
유리가 없다면 깨질 걱정을 하지 않듯
투명한 벽을 만들진 않으니까 서귀포 씨
칠십 리 펼쳐진 머리칼을 쓸어올리면
칠십 리 주유소 그곳에서 이어지는 길
유동 커피 마시며 오르는 오르막길
지치면 이중섭거리에 이중섭처럼 주저앉지
달나라에서 바라보지 않더라도 서귀포 씨
바람과 나뭇잎이 뜨개질로 연결된 프랑스수예점
살아 있는 책과 함께 산책하는 산책논술교습소
돌아
시간이 턱을 괸 카세트테이프 도는 예음사
에서 흘러나오는 음악을 흥얼거리며,
입속에 넣고 굴러보는 서귀포 씨
삼매봉도서관에 가서 며칠 연체된 책 반납하고
시공원 벤치에 앉아 햇빛에 눈 감지

죽은 시인들과 함께 시에스타 서귀포 씨
어깨에 묻은 별빛 가루 털어내지 서귀포 씨
마음만 먹으면 몇 분 만에 바다로 갈 수 있는

개교기념일

난 너의 이름을 모른다
넌 개교기념일에 태어났다

구름이 뒹굴면서 뭉쳐졌다가 다시 흩어지는 날이
었다
교실이 아닌 공원 벤치에서 빛나는 것을 슬퍼할 때
여권은 터진 풍선껌 속에서 발견되곤 했다
난 너의 신발 사이즈가 궁금하다

무릎을 굽히는 동안 꽃이 폈다
얇은 원피스를 입은 봄이 다녀갔다
넌 밤에 잠들기 전에 머리를 감다가
봄부터는 아침에 일어나면 머리를 감는다고 했다

무엇이라 부를까 고민하는 오후에
사복을 입은 햇빛이 탄생했다
넌 바닷가에 떠밀려온
남중국해 너머의 민속 의상

지구라는 생일 케이크를 받았지만
차마 촛불을 끄지 못했다

계절은 유니폼을 벗고
산소마스크가 퉁겨져 나왔다

교복을 벗은 목련나무는
볼품없거나 비로소 사람 같았다

치약을 삼킨 앵무새는
별책부록 마지막 페이지에서 숨을 가늘게 내쉬
었다

종일 비행기 탑승 모드로 떠다니다
착륙한 곳은 너의 의자 밑이었다

영천쌀슈퍼 건물을 빌릴 수 있다면

기린과 함께 바닷가를 거닐 수 있겠지

네가 태어난 날에
우리는 너 대신 축하를 받으려고

수악교 水岳橋

노래는 가끔 수악교에서 끝나지

구름이 되지 못한 멧비둘기 가득한 숲

우리는 그날에서 얼마나 멀리 왔을까

빗방울은 생존자 명단을 향해 달린다

짙은 안개 속 베란다에 놓인 선인장이 보인다

전복된 사랑은
조릿대 풀숲에서 양말 물고 끙끙대는 강아지

나뭇가지 너머 오후 다섯 시 한 뼘 더 자란 무지개

전소된 사랑은
비 오는 소리가 기타 소리 같다며 이불을 끌어 올리던

수악교부터 안개가 서서히 걷히면

노래가 시작될 때도 있지

안개는 잃어버린 노트에 쓰는 편지

흑염소

아무거나 잘 먹고 추위에도 강한데 성질이 온순하다
돌계곡을 다니는데 성질이 온순하다
머리에 뿔이 나 있어도 잘 치받지 않는다
온종일 등짐 날라 등이 욱신거리는데 불평이 거
의 없다
술을 마시다 아무하고나 싸울 법도 한데 휑하고
코 풀고 만다
나이가 들수록 뿔이 안으로 휜다
낡고 허름한 집을 마다하지 않는다
누명을 써도 그 누명을 벗으려고 하지 않는다
억울하면 억울한 대로 씀바귀를 뜯어 먹으며 산다
참으면 참을수록 뿔이 안으로 휜다
슈퍼 앞 평상에서 맥주를 마시고 술병을 깰 것 같
은데 성질이 온순하다
술집에서 시비가 붙을 것 같을 때도 동료를 말리
느라 바쁘다
아무거나 잘 먹고 추위에도 강한데 성질이 온순하다

두꺼비, 토끼, 계수나무, 항아[*]

나뭇가지가 저녁 바람에 흔들리면
별빛도 함께 흔들려요
사각사각 바람이 색칠한
여기 연못 있던 자리
연못이 하늘로 떠올랐나
돌멩이에 묻어 있는 검은 물감
칡넝쿨이 하얗게 성글어 벋어나가고
여우가 말한 솔가지가 생각나
또 물감을 적시지요
구긴 신문지 뭉치 가득한 저녁
얼룩덜룩 하루가 저물어가네요

네가 내 가슴을 문질러주겠니

저녁 바람이 그린 달이 막걸리 빛깔이네요
군데군데 풀벌레 소리가 덧칠한 풀숲
별은 누가 그린 하얀 편지들인가요
장화와 홍련이 나타날 것 같은 어스름

이야기들이 모여 두런두런 깊어가는
저녁의 물감 상자
맨발로 자전거 페달 밟는
항아
다악다악 하늘로 물들어가네요

*강요배의 그림 제목.

잉고 바움가르텐

빗방울이 책상에 맺힌 날에 주문했어요
게으른 눈물 한 병을 갖고 싶었거든요
공원 벤치 밑 아직 녹지 않은 눈을 함께 주문하려
했으나
그것은 이미 품절이었어요

가급적 덜 날카로운 물건을 골라야 해요
택배가 오면 박스를 뜯어 서늘한 물건에 입 맞추
지요
풍선처럼 둥둥 떠다니는 꿈을 발목에 묶고
별들의 카탈로그를 넘겨보지요

가끔 주문하지 않은 물건이 와서
어찌할 바를 몰라 안절부절못하죠
한번 내게 온 것은 반품할 수 없다는 것은
굳이 약관을 읽지 않아도 알 수 있어요
그러니 내 방구석에는 벽돌 같은 허망들이 가득
쌓여 있어요

매일 밤 외롭고 쓸쓸한 상품 목록을 서핑하며
장바구니에 넣고 주문을 해요
세계 도처에서 택배가 와요
문을 잠그고 자는 척해도 소용없어요

　싸늘하게 식은 알몸의 소녀가 박스 속에 들어 있
을 때도 있어요
　미지근한 피를 몇 리터 받은 날엔 음악을 들으며
딴청을 피우지만

　사흘 뒤에 녹슨 현관문을 쾅쾅쾅 두드릴
　지옥에서 온 택배 기사

겨울의 관冠

― 박남수朴南秀

모퉁이에서 돋는 고드름은 더 날카롭다
마을을 지나면 산이 있고 산에는 사라진 마을이
존재한다
겨울 산에서는 겨울의 두런거리는 유언이 다 들린다

사슴의 뿔에서 나는 그늘의 향기가 서늘하여
사람들은 시린 그것을 잘라 몹쓸 연명을 한다
그러면 무료하게 초원을 거니는 손님이 되는 걸까

갈 수 없는 벼랑을 만들어놓고 그리워하는 삶이라니
겨울 산은 너의 숨결로 가득해서 더 춥고
나의 발자국은 너의 오래된 그림자 위에 찍힌다
오늘은 대답 대신 손거울 하나를 내밀어볼까

숲은 평소대로 얼떨떨한 표정으로 먼 산을 살피고
있다
다리가 있는 것들은 눈 속에 숨지 못하고
나무뿌리를 생각하면 나무는 다지류에 속하니까

나뭇가지가 바람의 클라리넷을 차가운 운지법으
로 짚어
　무릎 같은 뿔이 초식의 구름 위에 하나둘 솟아오
른다

　메마른 일에 몰두하는 겨울바람이 불면
　여기가 곧 인자한 세계인데
　너는 자상한 사람은 싫다고 했지
　나는 겨울처럼 서서히 팔과 다리를 잃어가고 있다

　오늘은 용서 대신 너에게 누명을 씌워볼까
　나는 순순히 자백한 너의 진술서가 싫어서 찢어버
릴 거야

　갈기갈기 찢어진 종이 같은 눈이 내린다
　나는 그것을 겨울의 관이라 부르며 내복약으로 쓴다
　고독은 편지지처럼 웅얼거리다
　점점 뾰족해진다

근교 近郊

근교라는 말 생각하니
도시 외곽 한적한 식당에서 먹는
백숙 맛이 떠올라
또 가만히 근교라는 말 생각하니
측량기사가 꽂고 간 깃발처럼
낱말이 펄럭여
또 여생을 파리 근교에서 산
어떤 화가가 있다면 그 화가의 그림은
쓸쓸할 것 같다는 생각이 들어
하늘색 차양이 있는
살롱에 앉아 폴 베를렌의 시를 읽는
한 소녀를 알고 있을 것 같고……

외로운 근교는 근교농업으로 발달하고,
　도시가 안타깝게 아름다울수록 근교농업은 성행
하지

　좋아하는 그 사람을 생각하니

근교에라도 가서라는 말이 좋아지고,
그 사람이 내게
근교에라도 가서라는 말을 했을 때
도시 고속도로 건설이 들어가 있는
도시계획 발표 기자회견을 보는 것 같았지

몇 시간의 출퇴근길도 마다하지 않는 나는
그 사람의 마음 근교에 살고……

댄스 플로어

슬리퍼를 벗어놓기 좋은
바닷가로 가지 않아도 돼요
그곳에서 앞 머리카락을
귀 뒤로 넘기는 것도 좋겠지만
구름의 무릎이 드러났을 때
사무실 책상 밑에서
우리는 다리를 흔들어요
빗방울들이 북소리를 내기도 전에
헤어질지도 몰라요
내 오른 손목을 잡은 건
누군가의 소라 껍데기
내가 잡은 누군가의 파도 소리
이 순간
마지막 담배인 것처럼 춤춰요
지구본 위에서 미끄럼 타다
넘어져도 괜찮아요
사람의 마음을 아는 건
펭귄을 기르는 것과 다르지 않아요

차 댈 곳 찾아
온 지구를 다 돌아다녔으니
그러니 이제 그대여
바로 여기가

383000km

지구에서 달까지 자전거를 타고 가는 사람이 있다
그는 열심히 페달을 밟지만 체인이 없다
그래도 바퀴는 힘차게 돌아간다

무모한 일이라고 가지 말라고 말려도
그는 자전거 페달을 밟으며 달을 향해 달린다
뒤도 돌아보지 않고 달리는 경우도 허다하니
먹먹해서 밤하늘을 올려다보곤 하는 날도 있다

자전거를 타고 달에 가는 사람이 처음은 아니다
많은 사람들이 자전거를 타고 달에 갔다
하지만 모두 무사히 달에 도착했는지 알 수 없다
성층권만 지나면 자전거를 탄 사람이 보이지 않는다

잘 도착했다는 편지 한 장 온 적 없는데
간혹 나뭇잎을 흔드는 바람이나 삐걱거리는 구름을
그 사람의 편지라고 말하는 사람도 있다

달까지 자전거를 타고 가는 동안
그동안 달은 보름이었다가 그믐이 된다
기차는 녹이 슬고 아이는 입술을 깨문다

4부

조수리의 봄

날 따뜻해지면 우리 결혼하자

너의 일기장을 훔쳐 읽을 거야
내가 몰랐던 시절의 너를 다 알아낼 거야

깔라만시

고향은 멀고 작업등이 누렇다 공장 창문은 남쪽
이고 그 창문을 열면 저 멀리 보이지 않는 나라 초록
색 강물이 유리창에 번진다 뒤뜰 참새도 퇴근했다
목도릴 두른 나무가 기침한다 저녁 기차 소리가 마
멀레이드에게 길게 편질 쓴다 필리핀에서 왔습니다
고향 하늘은 초록색입니다 한국어로 말해야 컨베이
어벨트도 아는 체한다 낯설어도 낯익은 사람 만난
것처럼

대서소에서

— 냉해

겨울이 끝났지만 여전히 겨울이었습니다

손가락이 얼어 글씨를 쓰기 어렵다
손에 입김을 불면 영혼이 나올 것 같다
봄이 오면 눈이 다 녹을 줄 알았으나
눈은 심장 위에도 쌓여 얼어붙었다

이름이 필요한 이유를 모르겠습니다

내가 쓰는 말은 모두 서리가 되고
까마귀만 살이 올라 전깃줄 위에 가득하다
불탄 집이라고 썼다 종이를 구겨버린다
지명을 재차 물을 수 없었다
창밖은 사월인데 눈이 내리고 있다

얼어버린 눈동자에서 봄이 흐릅니다

겨우내 산비둘기 우는 소리가 마을까지 내려왔다

동카름 쪽에서 찬 바람이 불어와
유리창에 덕지덕지 아이들 손자국이 생겼다
귀를 막아도 다 들린다

귀를 막아도 다 들립니다

겨울 독서실

해빙이 되면 봄이 될 거라는 생각은 오래되었고, 낡은 생각은 겨울 속에서 동상에 걸렸다 얼어붙은 책장에 손을 대니 손이 쩍 달라붙고, 안경엔 붉은 고드름이 달렸다 스탠드는 1인용 조도照度로 알맞게 익어가고, 유리창은 견디기 적당한 넓이로 위로가 만연하다 머그컵엔 따뜻한 감잎차가 있고, 신기루 같은 김이 난다 그 머그컵엔 전설 속 설인의 입술 자국이 묻어 있고, 멀리 기적 소리가 환청처럼 들려온다 바다는 계절과 공모해 굳어가고, 새로 산 노트는 먼 나라의 외국어로 가득 찼다 포스트잇처럼 떨어진 나뭇잎들 수북하고, 그 위로 진눈깨비가 빙빙 돌며 떨어진다 졸업도 하기 전 현장실습에 나갔고, 차가운 기계를 혼자 움직였다 기계는 얼어붙은 채 시간을 움직였고, 소년은 육중한 프레스에 머리가 깔렸다 겸손한 학생의 자세로 겨울 독서실에 누워 바라본 천장은 파랗고, 열아홉 번째 크리스마스 캐럴은 독서실 밖에 가득하다

무인 비행기

너의 하늘이 요즘 어떤 색깔인지
운동화 끈을 그렇게 묶으니까 자꾸 풀리잖아

부드러운 홑이불을 덮고 누운 도시의 하늘 위를
비행한다
보고 싶어도 갈 수 없으니 무인 비행기를 띄울 수
밖에

착륙하고 싶지만 안아보고 싶지만
나의 임무는 서늘한 고도에서 맴돌지

밥 먹을 때 젓가락을 국그릇 위에 올려놓고
영화 볼 때 중간 열 왼쪽 끝자리에 앉고
편의점 음료수 코너 앞에서 선택하지 못해
한참을 서 있는 거 여전해

차갑고 축축한 정찰 내용
기상 악화로 흐릿한 하늘 탓하며

끝내 돌아오지 못하고 불시착한 마음은
그곳에 박혀

바람꽃 다시 피면
촛불이 암호처럼 피어오른다

불곰

    파미르고원에 있는 오래된 호텔에 투숙했습니다 이곳에서 한 사흘 굶을 계획입니다 이곳까지 떠밀려 오느라 너무 많은 발자국을 남겼습니다 아무도 나를 찾지 않을 때 저는 겨울을 사랑하겠습니다 우수리에서 온 편지는 어슬렁거리는 저녁 구름보다 조금 짙은 그리움입니다 이 늙다리 호텔은 꾸벅꾸벅 졸기 좋은 굴입니다 석탄을 가득 실은 기차가 몇 대 더 지나가면 밤이 깊어질 것이므로 유리창마다 몇 량의 눈 뭉치를 눌러 담을 수 있겠습니다 불기둥을 안고 잠드는 밤이 필요했으나 늙수그레한 눈송이에게도 송유관 같은 밤이 있었을 겁니다 늙어 기력이 쇠하면 산딸기나 먹겠지만 아직은 가축을 건들지는 않습니다 고선지高仙芝의 말도 이 부근에서 하룻밤 신세를 졌다는 생각을 하니 산울림을 나뭇잎에 비축해둔 남쪽 산이 눈앞에 선합니다 그 산골짜기에서는 해마다 나뭇잎들이 계곡의 물을 품으면 앵두가 익었지요 허겁지겁 먹어도 아무도 나무라지 않던 밤에 밤하늘엔 송사리 떼 같은 별들이 가득했지요 경

의선을 탄 적 있다는 러시아 무희는 입에 칼을 문 듯
어색하게 웃어 보입니다

캠프파이어

우리의 야영지는 바닷가였지

바닷가는 우리의 야영지였지

모닥불 피워놓고 둘러앉아 노래를 부르며 밤을 지
새웠지

노래를 부르며 밤을 지새울 때 모닥불이 피어올
랐지

바닷바람이 먼 나라의 민요 같은 표정으로 불었어

먼 나라의 민요 같은 표정의 바닷바람이 불었어

낯선 국기가 그려진 수송기가 아주 낮게 지나갔네

아주 낮게 지나가던 수송기에는 낯선 국기가 그려
져 있었어

파도 소리가 못다 한 이야기를 데리고 갔네

못다 한 이야기는 파도 소리가 데리고 갔네

곤을동

예부터 물이 있는 곳에 사람이 모여 살았지
늘 물이 고여 있는 땅이라서 곤을동
안드렁물 용천수는 말없이 흐르는데
사람들은 모두 별도천 따라 흘러가버렸네
별도봉 아래 산과 바다가 만나 모여 살던 사람들
원담에 붉은 핏물 그득한 그 날 이후
이제 슬픈 옛날이 되었네
말방이집 있던 자리에는 말 발자국 보일 것도 같
은데
억새밭 흔드는 바람 소리만 세월 속을 흘러 들려
오네
귀 기울이면 들릴 것만 같은 소리
원담 너머 테우에서 멜 후리는 소리
풀숲을 헤치면서 아이들 뛰어나올 것만 같은데
산속에 숨었다가 돌아오지 못하는지
허물어진 돌담을 다시 쌓으면 돌아올까
송악은 여전히 푸르게 당집이 있던 곳으로 손을
뻗는데

목마른 계절은 바뀔 줄 모르고
이제 그 물마저 마르려고 하네
저녁밥 안칠 한 바가지 물은 어디에
까마귀만 후렴 없는 선소리를 메기고 날아가네
늘 물이 고여 있는 땅이라서 곤을동
예부터 물이 있는 곳에 사람이 모여 살았지

투이

남중국해 지나 먼 나라로 날아온 새
가마귀모루 키위 농장에 앉아 고갤 주억거린다
남쪽 나라에서 불어온 바람이 깃털 사이로 파고
든다
철새들은 남으로 날아가는데 북으로 날아온 투이
둥지를 튼 이곳은 서귀포시 남원읍 하례리
지친 날개를 다독이며 웃음 짓는 새
고향에선 아오자이를 입은 하얀 새였지
연신 주둥이를 물속에 조아리는 청둥오리처럼
쉼 없이 호미질을 하는 투이
아직 서툰 한국말로 입술을 비죽거리는 새
두리안, 탄롱, 촘촘…… 고향의 과일들
혼잣말로 발음해보는 작고 여린 새 한 마리
젖은 날개로는 통킹만까지 날아갈 수 없다
올겨울에는 인도차이나 푸른 하늘을 볼 수 있
을까
연둣빛 잎사귀처럼 돋는,
내일 편지에 실어 보낼 하얗고 순한 깃털 하나

영주식당

삼동을 먹고 우리는 입 속이 까마귀처럼 까매져
서 까악까악 웃고 뱀딸기를 먹고 우리는 눈초리를
위로 올리고서 뱀처럼 혀를 널름거리고 놈삐 서리해
서 풀밭에다 슥슥 닦아 먹고 까마귀밥은 까마귀가
먹고 따뜻한 밥은 할아버지가 먼저 잡수시고 생일이
면 국수를 먹고 잔칫날엔 성게국 멩질엔 빙떡과 지
름떡을 먹고 푸른 바다를 가른 옥돔을 먹고 한라산
바람을 마시고 어른들은 산을 통째로 마시고 죽은
큰고모 같은 사람이 밥 한 사발 더 떠주는,

곱은달남길

달이 숨어버린 마을
삼나무길 지나

감귤 창고는
길 잃은 강아지 같고

시인 부부가
망아지 같은 딸아이랑
사는 곳

그 마당엔 달빛 대신
수선화 하영 피었다

유리의 세계

오후 세 시, 햇빛이 목을 걸고 있다.
너무 깨끗해서 아슬아슬한 선창에.

기억은 사람들이 오랫동안 비명으로 닦아 투명하다.
붉은 눈빛의 지문은 노랫소리에 지워지고,
간혹 집으로 가는 길이 주저앉는 여기.

유리창 너머는 언제나 푸르고,
전망 좋은 방이 유리창을 다시 더럽힌다.

유리창에 비친 파랗게 질린 얼굴
어루만지는 유리의 세계.
햇빛은 매일매일 먼바다로 떨어진다.

손을 넣으면 아이가 붙잡을 것 같은 선창.

귤림서원

감귤 썩는 향기가 바람에 날리고, 썩은 귤 냄새
향긋하여라 은은한 그 냄새 퍼지고 퍼져 이 섬을 가
득 채웠구려 이 귤이란 게 한 놈이 썩으면 옆에 있
는 놈도 같이 썩기 마련입죠 진물이 흐르고 허연 곰
팡이 낀 손으로 악수를 하며 누런 이빨을 보이며 껄
껄 웃습니다 어깨동무를 하고 끌어안고 입술을 빨
고 발가락을 빨고 또 헷헷 웃지요 얼굴이 누렇게 뜨
지 않은 사람은 귤을 먹지 못해서 그럴 테니 어디 그
런 사람이 제주 사람이라 할 수 있겠소 한라봉 올려
놓고 무릎이 까지도록 계속 절을 올리지요 할아바
님 할마님 위에 십자가를 올려놓고 썩은 귤 한입에
꿀꺽 삼켜야 여기에서 사람 노릇을 할 수 있습죠 감
귤 썩는 향기가 바람에 날리고, 그 향기가 내 몸을 휘
감고 한라산을 휘감습니다요 진상품으로 올리던 귀한
건데 썩었다고 버릴 수 있겠소 귤이 회수를 건너면 탱
자가 된다고 하지만 연못처럼 고여 있는 이 섬은 해마
다 귤이 풍년이라오 감귤 썩는 향기가 바람에 날리고,
그 향기에 나 또한 취해 취해 추해 썩어가는구려 구려

꽃무늬 휴지

비 오는 날 잎사귀에 쓴 구름은 나무였고
나무는 얇고 하얀 꽃이 되었어요
음각으로 새긴 꽃무늬
심지어 휴지에서 꽃향기도 나요
두루마리로 감아져 있는 공원 벤치
얼음이 다시 얼 것 같은 테이크 아웃
눈물을 닦으면 그대 목소리에서
숨바꼭질이 보일까요
스며들기 좋은 건 여전한 밤
한 칸 한 칸 뜯어서 날리면
꽃잎처럼 흩날리겠죠
바람에 날리는 꽃무늬 휴지
고개를 돌려보면 지천에 꽃이네요
쓰러지면 그 자리가 꽃밭
우리 이제 어디선가 뚝 끊어져도
달력을 뜯듯 넘길 수 있잖아요
뜯어 먹기 좋은 빵처럼
뜯어내기 좋은 하루

아침마다, 다른 사람을 만날 때에도
서둘러 가기도 하죠
하얀 꽃 활짝 핀 화장실
꽃무늬 새겨진 울음 기차

제주 고사리

바다가 푸르러서 붉은 이야기가 돋는다
바다 향해 아가리 벌린
진지동굴에서 놀던 아이들이 있었지
어둠 속으로 들어가 나오지 못한 세월이
어린 발목을 붙잡는 줄도 모른 채 칼싸움을 했지
철썩철썩 채찍질하는 파도 소리 뒤로하고
아이들은
허연 뼈들 앙상하게 드러난 내창 지나
무덤가로 몰려갔다가
뼈 모으는 바람 따라 산으로 올라갔지
노루를 반쯤 먹어치운 채 컹컹 짖어대는
들개의 콧구멍에서 더운 김이 나오고 있었지
들개가 밟고 지나간 자리마다 돋는 고사리
불길처럼 한라산을 덮는 이야기
빗방울 흘러 들어간 자리에
피가 고여 넘치는 궤에 돋는 이야기
뼛조각과 섞여 나오는 옹이 조각
하늘 향해 눈 치켜뜬 용암 동굴

하늘이 푸르러서 붉은 이야기가 돋는다
아이들은 겁에 질린 채 동굴 속으로 들어가고
옹송그린 고사리손 돋는다

반짝이는 것이 속도라면

깊은 곳에서 전화가 왔다

열람실 구석에 쭈그리고 앉아 연애소설을 읽고 있
는 곳을 지나

이별 후에 지난 사랑을 추억하는 부분을 읽고 있
는 곳을 지나

핸드폰 진동이 울려서 들어간 서가 더 깊은 곳으
로 꺾어

우물처럼 깊은 내 목소리에 전화를 건 사람이 더
두려워질 때

목소리는 낯익은데 얼굴이 잘 떠오르지 않을 때

정말 오랜만에 걸려온 전화를 받으며 바라본 서가
에 꽂힌 책들이 가지런한 곳을 지나

기계설계, 정밀 측정시스템 공학, 기계진동론, 기
계재료학, 연소공학……

그녀의 목소리가 기계에 관한 전문 서적처럼 점점
낯설게 느껴질 때

이별도 깊은 어느 곳에서 기계처럼 돌아가고 있는
것일까

너무 멀리 온 것 같지만 그리 멀리 가지 못한 곳에
서 회전하고 있었나
기기 기기긱, 깊은 곳에서 돌아가는 기계 소리가
이명처럼 들리는 곳을 지나
살아온 시간들이 기계처럼 느껴질 때
전화는 옛날처럼 끊어지고

도서관에서 나와 등나무 아래에 쭈그리고 앉아
괭이밥풀을 바라볼 때
여름인데 서늘한 등줄기를 타고 흐르는

추억의 팝송

바다가 보이는 언덕에 집을 지었지
파도 소리를 들으면 내장까지 차가워졌지
흙으로 빚은 구슬 두 개를 받았고
네 팔목의 조개 팔찌가 햇빛에 빛났지
전복 칼로 너를 지켜줄 거야
구리거울 속에서 웃고 있는 너
키가 5척을 넘지 않는 우리였지만
움집 속에서 비를 피하기엔 적당했지
가락바퀴 같은 별들이 실을 뽑듯
별빛들이 뽑혀 나오던 삼양동 추억
그 별빛들 아래 바닷가에서 얽힌
실타래처럼 우리는……
음악 소리를 들으면 내장까지 차가워졌지
알고 보면 흙으로 빚은 거나 다름없는 참외 두 개
를 받았고
모래성 위에 벗어놓은 슬리퍼가 햇빛에 빛났지
더는 너를 지켜주겠다는 말은 하지 못하지만
삼양과 제주대를 오가는 순환 버스 불빛이

유성처럼 흘러 지나가네
삼양동 선사 유적지
버스 정류장에 바람이 부네

목호牧胡, 카페모카, 목요일은 휴무입니다

　더는 남진할 수 없는 곳에서 두고 온 창문에게 편
지를 쓴다
　서귀포우체국에선 우표가 바닷바람에 젖어 툭하
면 떨어지곤 한다
　남쪽을 향해 내려왔는데 더는 남진할 수 없는 곳
에서
　깨끗한 창문을 그리워한다 막숙 바닷가에서
　말 타고 달리는 사람을 보았다 다시 돌아가야만
할까
　말에서 내린 사람은 눈이 없다

　삼매봉도서관 등나무 아래 벤치에 앉으니 배터리
가 나갔다
　예상한 일이다 준비하지 못했다는 말은 무책임한
말이다
　무리하게 여기까지 온 게 잘못이다 더는
　노래할 수 없는 곳에서 말이 푸른 풀을 뜯는다
　너무 멀리 와버린 진군, 진고개식당에서 돌솥비빔

밥을 먹었다

더는 사랑할 수 없는 곳에서 갈퀴가 반지르르하다

솜반천 지나 남국호텔 앞에서 몽골 여인을 보

았다

어디로 가는지 물어보고 싶었지만 그녀의 눈동

자가

산호섬처럼 빛나고 있어서 그만두었다 더는

그리워할 수 없는 곳에서 몽골 여인은 서쪽으로

걸어갔다

북방계인 것 같은데 곤연이 고향일지도 모른다

몇 권째 비석에 글을 채워나간다 더는

남진할 수 없는 곳에서 바람으로 칠한 페인트칠

많이 벗겨졌다 먼 훗날, 자전거가 여기까지 왔

다는 건

구름 위를 걷는 잣담으로 남을까

머리카락이 바다를 향해 빛나던 적이 있었다

범섬이 보이는 구럼비 나무 카페에서 쓴다

돌아가야 할 곳이 또 너무 먼 게스트 하우스 불
빛 속에서

미정

새의 정체가 온통 미정이던 적이 있었지

정해진 것 없던 시절 혹은 너의 이름

푸른 지붕의 집은 당신이 살던 집
그때 목련이 전성기를 구가했었지

튜브를 타고 아주 먼 바다까지
나갈 수 있을 것 같았지

떨어져 터져버린 해가 찢어진 채 나뒹구는
가을 같은 배 한 척

순간접착제처럼 갑자기 붙어서 어디 눌러앉고 싶
지만
손가락으로 헤아리며 세는 것은
지난 계절에 대한 부질없는 호명인 줄 알면서도

바닷가를 거닐었던

우산 장수의 노래

당신을 기다리는 일은
입이 바짝바짝 말라요
차갑고 부드러운 당신이
내 정수리를 적시던 날을
젖은 눈으로 기억해요
당신이 내게 올 때는
수백만 개의 발소리를 내지요
나도 흥건하게 젖을 수 있어요
어떤 날엔 풀잎들처럼 혀를 내밀고
당신을 기다려요
여기에서 이렇게 당신을 기다려요
당신을 만나면 나는
당신을 향해 활짝 펼칠 수 있어요
오늘도 이렇게 노래 불러요
차갑고 축축한 목소리로
아주 천천히 마르도록

감산리 경유

시외버스가 하루에 두 번 지나가는 감산리
내리거나 타는 사람이 많이 없어서
도道에서 감산리 경유 노선을 폐지한다는 말이 돌
았습니다
버스가 구릉이 있는 길로 들어서자
평평한 도로인데 몇 번 덜커덩거립니다

바위그늘집에서 그리 멀지 않은 곳에 있는 정류장
오늘은 웬일일까요
돌하르방이 버스에 올라탑니다
노루가 귀를 쫑긋 세우고서 들어옵니다
참새가 열린 차창으로 들어옵니다
반딧불이도 들어옵니다
알락하늘소도 들어옵니다
난리 때 인민유격대 대원이었던 사내가
제사 지낼 식구도 없는 감산리에 들렀다가
버스에 시적시적 올라탑니다
흙 묻은 옷 더벅머리 사내는

버스 차창에 머리를 기대어 낯선 노래를 부릅니다
나는 그 노래를 받아적고 싶지만
축축한 물기운이 버스에 가득 차서 그만둡니다
사내의 바지에 붙어 따라온 환삼덩굴이
줄기를 뻗어 시외버스 속을 가득 채웁니다

어느새 버스는 만원입니다
이 많은 것들이 모두 버스에 타느라 정작
읍내 오일장에 가려는 서동 묵은터 할머니는
버스를 타지 못했습니다
할머니는 다음 버스가 올 때까지
버스 정류장 근처 점방에 가서 화투를 칠 것입니다
손님이 오는 날인가, 매화가 더욱 붉다며 패를 떼
겠지요

야행관람차

쌍떡잎식물과 외떡잎식물로 나누는 것보다
수분 방법에 따라 꽃을 분류하는 게 더 낫다고
발자국이 내게 말했다

몇 번째 불빛에 앉아도 너는 다시 그 자리라는 걸
이제 알 때도 되지 않았느냐고
그림자가 내게 말했다
몇 번을 더 말해야 알아듣겠느냐며
멀리서 보면 제자리에 있는 것 같지만
가까이에서는 머리가 빙빙 도는 거라고 말하는 그
림자

태평양의 어느 섬에는 나무로 만든 관람차가 있다
고 하지
바람으로 움직이는 관람차는 밤에도 당연히 돌아
가겠지

풍매화는 풍매화끼리 모아놓으니 좋아 보이긴

하네

　그러고 보니 바람이 분다고 해서 언제나 풍력발전
기가 돌아가는 건 아니라는 걸
　우리 같이 봤잖아

　저물녘 발자국은 아주 낮은 목소리로 말했지
　윤회니 사이클이니 그런 말은 처음부터 소용없다고

　저것 봐
　누가 자전거를 타고 밤의 무덤가를 달리고 있어
　잘 생각해봐
　발명가는 그날 아침에 뭘 먹었을지

　대통령 암살범처럼 적막하게 사는 것도 나쁘지
않을 것 같다

　달팽이가 수분하는 꽃은 어느 위치에 놓을까
　박쥐가 수분하는 꽃은 또 어떻게 하나

내일 너를 만나기로 했어

지구의 눈을 가진 아이들에 대해서 들려줄게
산맥의 어린순 같은 손을 가진 아이들에 대해서
말할 거야
오래된 구름 위에서 노는 아이들을 알고 있어
학교는 멀고 태양이 가까운 아이들이야
파란 하늘 닮은 머리카락이 빛나는 아이들이야
아이들의 눈빛은 햇볕처럼 따가워
축구공 갖고 싶어 떼쓰는 아이
우주비행사를 꿈꾸는 아이
새로 산 운동화 신고 방 안을 돌아다니는 아이
전학 와서 낯설기만 한 아이
그 아이를 마음에 두고 있는 아이
커서 가수 해도 될 정도로 노랠 잘 부르는 아이
아무리 추워도 밖에서 놀 수 있는 아이들
국경처럼 조용한 밤이 오고
고드름처럼 차가운 이목구비를 지닌 중강진 아
이들
그 아이들에 대해서 말할 거야

그 아이들을 내일 만날 거야

봄방학

성당 강아지가 어떻게
여기까지 왔을까.
까만 발, 까만 코
어눅은 손으로 쓰다듬으니
철봉까지 달려갔다가
다시 이쪽으로 달려온다.
서름한 바람은 갓바다까진
갈 수 있을까.
기울로 흩어지는 진눈깨비
졸업식 끝난 교실처럼 흩날려
가더라도 서무날에 가지.
매화나무 주월 도는 강아지.
돌아올 땐 이른 봄은 피하지.
갓털로 나가는 건 싫으니까.

한 명의 시인에게도 온 마을이 필요하다

남승원(문학평론가)

1.

한 권의 시집을 읽어가면서 우리는 어쩔 수 없이 여러 기대감을 갖게 된다. 그것은 일상의 이면에 숨겨져 있던 거대한 진실을 마주하는 놀라움일 수도 있고, 때로는 스스로도 알 수 없어 애태웠던 내면의 속살을 생생하게 확인하는 감동일 수도 있다. 상반된 것처럼 보이는 시작품에 대한 기대감이 작품의 우열과 관련되어 있다고 할 수는 없겠지만, 그만큼 시문학에 내재된 가능성의 진폭이 무한대라는 사실을 단적으로 보여준다.

이것을 시인의 입장으로 되돌려 생각해보면 우리와 같은 평범한 일상을 공유하던 사람들이 어떻게 시인의 삶을 살아가게 되는지 문득 궁금해진다. 시작품을 매개로 공감의 차원에서 호명되는 독자들의 다양성만큼이나 한 편의 시를 완성시키는 시인이 마주한 상황들 역시 다양할 수밖에 없기 때문이다. 이때, 현택훈의 세 번째 시집 『난 아무 곳에도 가지 않아요』는 우리에게 다소 흥미로운 양상을 보여준다. 이 시집에서 시인은 제목을 통해 직접적으로 드러내고 있는 의지대로 자신의 일상 공간, 구체적으로는 시인이 거주하고 있는 제주도의 구석구석을 적극적으로 환기하는 데에 집중하고 있다. 따라서 이 시집을 읽는 독자들은 이미 익숙한 제주의 풍광이나 역사들을 다시 확인하면서 외지인으로서 제주에 대해 가지고 있던 무의식적 열망을 그대로 만나기도 하고, 한편으로는 별다를 것이 없이 제주의 일상을 살아가는 시인의 모습을 통해 제주와의 거리감을 좁혀볼 수도 있다. 말하자면, 『난 아무 곳에도 가지 않아요』에는 자신의 시 쓰기를 일상의 모습들과 나란히 놓아두면서 '시인'으로 살아가고자 애쓰는 일상인의 모습이 고스란히 담겨 있다.

물은 바다로 흘러가는데
길은 어디로 흘러갈까요
솜반천으로 가는 솜반천길
길도 물 따라 흘러
바다로 흘러가지요
아무리 힘들게
오르막길 오르더라도

결국엔 내리막길로 흘러가죠
솜반천길 걸으면
작은 교회
문 닫은 슈퍼
평수 넓지 않은 빌라
솜반천으로 흘러가네요
폐지 줍는 리어카 바퀴 옆
모여드는 참새 몇 마리
송사리 같은 아이들
슬리퍼 신고 내달리다
한 짝이 벗겨져도 좋은 길
흘러가요
종남소, 고냉이소, 도고리소,
나꿈소, 괴야소, 막은소……
이렇게 작은 물웅덩이들에게
하나하나 이름 붙인 솜반천 마을 사람들
흘러가요

-「솜반천길」전문

　　『난 아무 곳에도 가지 않아요』가 시인이면서 동
시에 일상을 지속해야 하는 자의 기록이라고 한다

면, 그것을 가능하게 만드는 것은 현실을 향한 시인의 시선에서 비롯한다. 천지연 폭포의 상류 물줄기인 '솜반천'이 흐르는 동네를 그리고 있는 이 작품에서 쉽게 확인할 수 있는 것처럼, 시인은 계곡의 물줄기에 시선을 빼앗기는 대신 그것과 나란한 '길'에 주목한다. '솜반천'을 바라보는 시선이 흔히 물의 활용이나 목적지로서의 '바다'에 대한 관심의 표현이라고 한다면, '솜반천길'을 향한 시인의 시선은 활용이나 목적이라는 현실적 가치로부터 한발 물러선다는 것을 의미한다. 그리고 이는 평소 눈에 담아두지 않았던 "작은 교회, 문 닫은 슈퍼, 평수 넓지 않은 빌라" 등에 대한 발견으로 이어진다. 특히, "송사리 같은 아이들/ 슬리퍼 신고 내달리다/ 한 짝이 벗겨져도 좋은 길"이라는 대목에 이르면 시인의 눈길이 닿았던 '길'은 하나의 배경으로 이내 사라지고 결국 그 길 위에서 벌어지는 일상의 순간들이 마치 영화의 장면처럼 클로즈업된다.

가치 추구의 목표에서 벗어남으로써 흔한 일상의 순간들을 발견해내는 현택훈 시인의 특징적인 시선은 하나의 기법이면서 동시에 그를 시인으로 만드는 원동력이기도 하다. 이를 보다 잘 이해해보기 위해 일본의 영화감독 오즈 야스지로小津安二郎를 잠시 떠

올려보자. 오랜 시간이 지난 후에도 그의 영화들이 잊히지 않고 많은 사람들의 기억에 남아 있는 이유는 앞서 시인의 특징으로 말한 것처럼 그 역시 가족을 중심으로 한, 특별할 것 없는 일상의 이야기에 주목하고 있기 때문이다. 중요한 점은 우리들의 모습과 다르지 않은 일상의 이야기가 스크린을 통하면서 증폭되어 전달되는 이유이다. 그것은 '다다미 숏tatami shot'이라고 불리는 그만의 독특한 시선과 관련 있다. 카메라 앵글의 변화는 인물이나 스토리를 강조하면서 감독 특유의 시선을 드러내는 데 유용한 영화적 기법이다. 하지만 오즈의 경우 바닥과 아주 가까운 높이에 카메라를 고정시켜놓고 대부분의 장면을 촬영한다. 그 높이가 일본의 전통 바닥재인 다다미疊위에 앉아 있는 사람의 시선과 같다고 해서 이른바 다다미 숏으로 널리 알려지게 되었다. 기법의 다양성과는 거리를 두게 되었지만, 이같은 오즈의 시선은 자신이 주목하는 일상의 이야기를 결국 관객들의 실제 삶과 같은 차원에서 보다 극적으로 전달하는 데에 성공하게 된 것이다. 거꾸로 말하자면, 일상을 벗어나지 않는 감독의 시선이 그와 가장 걸맞은 이야기를 발견한 것이라고도 할 수 있겠다. 평범하고 단순해 보이는 이야기들임에도 미묘한 긴장감 속에서 펼쳐지는 오즈의 매력 역시 여기에서 비롯한다.

「솜반천길」을 통해 확인해보고자 하는 현택훈 시인의 시선 역시 이와 깊이 연관되어 있다. 시인은 조금 더 낮고, 조금 더 뒤로 물러나 있던 일상의 것들에 초점을 맞춤으로써 삶의 공간에 대한 묘사를 뛰어넘어 우리의 삶 속으로 박진한다. 따라서 시인이 주목하고 있는 '교회, 슈퍼, 빌라'는 단순한 배경이 아니라, 비록 역사로 기록되지는 못하지만 그 공간 속에서 하루하루 빠짐없이 치열하게 살아가는 보다 소중한 우리의 일상을 환기한다. 작은 것에 이르기까지 빼놓지 않고 다양하게 이름이 붙어 있는 웅덩이들을 만났을 때도 결국 그에 얽혀 있는 "솜반천 마을 사람들"의 삶에 이르게 되는 것처럼 말이다. 시인이 던진 시선을 따라 다소 낯선 공간에 들어서게 된 것도 잠시, 어느새 다를 것 없는 일상의 시간을 공유하게 되는 경험 또한 그의 시선 덕분이라고 할 수 있다.

2.

나아가 시인은 자신이 발견해 낸 그 일상의 공간 안에 스스로를 적극적으로 위치시키고 있다. 그것은 「거북손」이나 「투이」에서처럼 고향의 자연물들을 향한 애정과 진솔한 감정이입의 상황으로 잘 드러나 있다. 특히 「투이」에서는 공간을 넘나드는 철새를 소재로 새가 머무는 공간을 중첩시킴으로써 고향의 의미를 확장해나가는 데에 이른다. 하지만 이같은 토속적·자연적 소재들은 한정된 고향 공간 안에서 벌어지는 우연의 기록이 아니라, 시인의 절실한 노력이 빚어낸 결과물로 이해하는 것이 올바르다.

> 내가 떠날까 봐 불안해한 적 없다는 걸 나는 알지 못하지 않는다
> 다시 말해 네가 나를 붙잡으려 한 적이 단 한 번도 있지 않았다는 말이다
> 그러니까 내가 떠난다 해도 너는 버스 정류장에 멍하니 앉아 있지 않을 거라는 걸 나는 알지 못하지 않는다.
> 그래도 슬퍼하는 사람이 있을까 봐 난 노래해요
>
> (중략)
>
> 아주 멀리 가봤자 바닷가
> 까맣게 잊어봤자 구상나무가 기억한다

-「우정 출연」부분

이 작품에서 시인은 첫 연의 문장들을 필요 이상의 이중 부정문 형태로 만들어두고 있다. 부정문으로 만들기 위해 일부러 문장의 구조를 비틀기까지 하면서 말이다. 때문에 독자들로서는 작품의 처음에서부터 시인이 강조하고자 하는 핵심을 쉽게 파악하게 되는데, 그것은 어떤 상황에서도 시인이 지금 머물러 있는 공간을 벗어나지 않을 것이라는 사실이다.

'바닷가'라는 공간과 '구상나무'라는 소재 역시 '나'의 이동을 통해 자각하게 되는 대상들이지만, 그것은 '나'의 역동성이나 공간의 확장을 보여주는 것이 아니다. 오히려 "아주 멀리 가봤자" 내지는 "까맣게 잊어봤자"라는 한정된 서술로 인해 '나'가 머물러 있는 시간과 공간을 두드러지게 확정하는 구체적인 사물이 된다. 시집의 제목이 된 "난 아무 곳에도 가지 않아요"라는 구절이 바로 이 작품의 마지막 부분에서 등장하는데, 시인이 발을 딛고 서 있는 고향 공간에 대한 애착과 의지를 명확하게 대변하고 있는 셈이다.

바위그늘집에서 그리 멀지 않은 곳에 있는 정류장

오늘은 웬일일까요

돌하르방이 버스에 올라탑니다

노루가 귀를 쫑긋 세우고서 들어옵니다

참새가 열린 차창으로 들어옵니다

반딧불이도 들어옵니다

알락하늘소도 들어옵니다

난리 때 인민유격대 대원이었던 사내가

제사 지낼 식구도 없는 감산리에 들렀다가

버스에 시적시적 올라탑니다

흙 묻은 옷 더벅머리 사내는

버스 차창에 머리를 기대어 낯선 노래를 부릅니다

나는 그 노래를 받아적고 싶지만

축축한 물기운이 버스에 가득 차서 그만둡니다

사내의 바지에 붙어 따라온 환삼덩굴이

줄기를 뻗어 시외버스 속을 가득 채웁니다

- 「감산리 경유」 부분

　　자신이 머물고 있는 공간을 벗어나지 않고 일상을
공유하는 현택훈 시인의 특징은 물론 '고향'이라는
보편적 의미 차원에서도 기능하지만, '제주'라는 공
간만이 가진 고유성과 크게 반응한다. 「고산리 선사

유적지」나 「발신 번호 표시 제한 섬-내게 쓴 메일함」을 비롯하여 「서귀포 자매」, 「서귀포 씨 오늘은」 등의 여러 작품들이 이와 같은 제주와 시인만의 연관을 잘 보여주는 기록들이다.

위의 「감산리 경유」는 버스가 하루에 겨우 "두 번 지나가는 감산리"를 배경으로 앞서 말한 시인의 특징, 즉 제주라는 공간의 의미를 평범한 일상 속에서 최대한의 시적 의미로 확장해나가는 모습을 절묘하게 보여주고 있는 대표적인 작품이라고 할 수 있다. "경유 노선을 폐지한다는 말이 돌" 정도로 사람이 많지 않은 버스의 승객들을 시인과 같이 확인해보자. '돌하르방-노루-참새-반딧불이-알락하늘소' 등으로 이어지는 손님들의 면면이 제주의 문화와 자연을 대변하고 있음을 누구라도 쉽게 알아챌 수 있다. 이같은 제주의 상징은 "난리 때 인민유격대 대원이었던 사내"의 탑승에서 결정적 장면이 된다. 실제로 조금만 관심을 기울이고 다녀보면, 거의 모든 곳이 우리 현대사의 비극적 장면과 연관되지 않은 곳이 없는 제주에서 이 '사내'의 탑승은 '버스'라는 공간 안에서 우리의 일상과 멀게만 느껴지던 역사가 한몸이 되는 의미로 올라선다.

최두석의 「성에꽃」을 비롯하여 최민석의 소설 「시

티투어버스를 탈취하라」에 이르기까지 '버스'가 하나의 공동체적 공간으로 등장하는 것이 우리 문학에서 아주 낯선 일은 아니다. 특히, 버스에 탑승하는 승객들을 미리 예견할 수 없다는 점에서 이제껏 '공동체'라는 말에 내재되어 있던 맹목성이나 폭력성에서 어느 정도 벗어나는 것이 가능하기도 하다. '인민유격대 대원이었던 사내'에 이르기까지 필연적 인과관계에서 벗어난 대상들이 탑승하고 있는 「감산리 경유」에서의 버스도 이와 마찬가지로 제주의 문화와 자연, 그리고 비극적 역사까지도 모두 아우르고자 하는 시인이 만들어 낸 공동체가 된다. 이것은 보편적 진리에 대한 믿음 위에서 행해지는 것들이 오히려 '무조건성에 대한 열망'과 동일하다고 비판한 로티R. Rorty를 생각나게 만든다. 그는 이성을 기반으로 가능한 해석이나 보편적 논리의 수용 가능성에 대해 끊임없이 경계하면서, 우연성에서 비롯된 완전히 자유로운 만남을 꿈꿨다. 이른바 '시화된 문화poeticized culture'가 실현된 이같은 유토피아적 모습과 「감산리 경유」에 등장하는 '버스'를 견주어 이해해볼 수 있을 것이다. 특히, 이성적·계산적 판단으로만 보자면 "타는 사람이 많이 없어서" 곧 없어질 운명에 처해 있는 버스이지만, 오히려 그 판단을 벗어나기만 한다면 현실과는 반대로 언제나 "만원"을 이루고 있었던 모습은 유토피아의 모습 그대로 우리에게 공감을 불러일으킨다.

이와 연결되어 있는 마지막 연의 모습은 이 작품을 한층 더 아름답게 만든다. "이 많은 것들이 모두 버스에 타느라 정작" 버스에 타지 못한 "서동 묵은터 할머니"는 아무렇지도 않게 "다음 버스"를 기다린다. 앞에서 이 버스가 하루에 두 번 있다는 사실을 상기해본다면, 다음 버스를 탄다고 해도 "읍내 오일장"에 가고자 하는 '할머니'의 목적은 이미 어그러졌다고 보아야 할 것이다. 그럼에도 할머니는 버스를 기다리는 것 자체가 목적인 것처럼 "근처 점방에 가서 화투를" 치며 버스를 기다리기로 한다. 부디 다음 장면을 놓치지 말기를. "손님이 오는 날인가, 매화가 더욱 붉다며 패를 떼"고 있는 할머니의 모습은 버스를 놓친 후의 단순한 행동에 불과할지 모르지만, 작품 안에서는 물리적 시간과 인과를 거슬러 올라 사실상 버스에 오른 많은 '손님'들을 부르는 예언적 행위로 기능하게 된다. 다시 말해서, 현택훈 시인의 시선은 '할머니'의 평범한 일상에 투영되어 제주의 자연과 아픈 역사를 다독여주고 나아가 치유와 화합이 가능한 공동체 안으로 불러 모으는 신화적 기능을 부여

한다.

 이처럼 제주만의 특징적 사연을 배경으로 일상의 모습과 역사적 현장이 하나가 되는 공동체의 아름다운 모습은 『난 아무 곳에도 가지 않아요』를 구성하는 중요한 요소이다. 이제는 아무도 살지 않는 폐허가 되어버린 곳에서 "산과 바다가 만나 모여 살던 사람들"의 흔적을 되살려내고 있는 「곤을동」이나, 어른들의 일과 전혀 상관없는 "아이들"마저 희생되었던 과거의 비극적 사건들을 "고사리"에 빗대어 기억해내고 추모하는 「제주 고사리」 역시 같은 특징들을 적극적으로 공유하고 있는 작품들이다. 특히, 다음을 눈여겨보자.

 삼동을 먹고 우리는 입 속이 까마귀처럼 까매져서 까악까악 웃고 뱀딸기를 먹고 우리는 눈초리를 위로 올리고서 뱀처럼 혀를 낼름거리고 놈삐 서리해서 풀밭에다 슥슥 닦아 먹고 까마귀밥은 까마귀가 먹고 따뜻한 밥은 할아버지가 먼저 잡수시고 생일이면 국수를 먹고 잔칫날엔 성게국 멩질엔 빙떡과 지름떡을 먹고 푸른 바다를 가른 옥돔을 먹고 한라산 바람을 마시고 어른들은 산을 통째로 마시고 죽은 큰고모 같은 사람이 밥 한 사발 더 떠주는,

　「영주식당」은 앞서 말한 현택훈 시인의 특징이 가장 잘 구현되어 있는 동시에 이 시집에서 가장 아름다운 작품으로도 꼽을 수 있다. 시적 진술을 지속시키는 중심으로 등장하고 있는 '먹는 행위'는 생명체라면 가장 기본적이면서 필수적인 기능이다. 시인은 여기에 여러 가지 의미들을 추가해나간다. 가령 음식을 먹고 나면 "우리"가 먹은 음식의 속성이나 이름에 연관된 자연물과 그 성질이 동일해진다거나, 먹는 행위만으로도 가족 관계나 세시 풍속이 구성된다거나 하는 의미들이 바로 그것이다. 이는 "푸른 바다"와 "한라산"으로 상징되는 제주의 자연과 일치되는데에 이르기까지 하는데, '영주식당'이라는 한정된 공간 안에 위치함으로써 다시 의미의 도약을 이룬다. 잘 알려진 대로 '영주'는 제주를 부르는 여러 별칭들 중 하나이다. 더불어 이 공간의 중심인물인 "죽은 큰고모 같은 사람"은 앞서 「감산리 경유」에서도 확인해본 것처럼 어김없이 제주의 역사를 상징한다. 말하자면 시인은 이 작품을 통해, 비극적 역사를 잊지 않고 마주함으로써 고향 공간 곳곳에 숨 쉬고 있

는 의미들을 진정으로 되살려내고, 나아가 '제주'라
는 공간적 의미를 보다 입체적으로 형상화하고 있다.

3.

현택훈 시인은 아마도 '시인'으로 살아가는 동안
은 '제주'에 머물 것이고, '제주'에 머무는 이상은 '시
인'으로 살아갈 수밖에 없을 것이다. 그것은 공간의
물리적 범주에 대한 애착 때문이기도 하고(「서귀포
씨 오늘은」), 그가 좋아하는 "한때 시를 썼다는 사
장"의 가게를 방문해서 신나게 장사를 하는 모습을
보는 것이 마냥 즐거워서일 수도 있다(「홈런분식에
서-시인 김세홍」). 무엇보다도 중요한 이유는 그가
고향을 함께 나눠 가진 친구의 삶과 더불어 시인이
되었다는 사실이다.

내가 이렇게 운구차에 실리고 있는데 다른 친구
들처럼 날 들어주지도 않고 날 위한 시를 쓰지 못한
네가 무슨 친구냐며 시인이냐며 그런 시인 친구 필
요 없다며 양지공원 어두운 한낮에 흩어진 별빛들
이 구름의 목울대를 가득 채우며

(중략)

고등학교 졸업 앞둔 겨울방학 함께 바다에 가자
며 넌 시인이 꿈이니까 나중에 시인이 되면 날 위해
시를 써주라며 바닷가에 글씨를 쓰면 파도가 지워
버리는 열아홉 살 아이는 셋 낳을 거라며 네가 시를
쓰면 제목을 내 이름 성환으로 해달라며

―「성환星渙」부분

　　이 작품에서 시인을 시인이라고 부르는 사람은 오
직 '친구' 뿐이다. 등단을 했을 때도 "신문사에 전화"
까지 해가면서 연락처를 알아내고 "치킨집에서 오백
잔을 부딪치며" 축하를 해주고 시인이라고 불러준
것도 친구이며, "첫아이"를 낳고서도 직접 병원으로
와달라고 부탁한 뒤 "아이 이름"을 지어달라고 부탁
하는 친구는 "넌 시인이니까" 당연히 자신의 부탁을
들어줘야 한다며 시인의 역할을 강조한다. 뿐만 아니
라 "일하면서 시 쓰라며" 소개해준 직장에 직접 취
직을 시켜주기도 하고, "시 쓰려면 연애를 해야" 한
다며 여자를 소개시켜주면서 '시인'으로서 해야 할
일들에 대해 직접 발 벗고 나서기도 한다.
　　아니, 어쩌면 시인이 되고 싶은 건지 스스로도 갈

피를 잡지 못할 때 "넌 시인이 꿈이니까 나중에 시인이 되면 날 위해 시를 써주라"는 목표를 친구가 정해주었던 것인지도 모른다. 하지만, 자신의 이름으로 시를 써달라는 친구의 바람을 시인은 끝내 들어주지 못한 것이다. 시인을 오롯이 지금의 시인으로 만든 친구의 부탁은 한 편의 시로 남지 못하고 결국 친구의 죽음 뒤에야 그 이름을 따라 "흩어진 별빛星渙"이 되어 고향에 남고 만다. 시인이 고향의 공간들에 더없는 애착을 가지고 있고, 그 한 편의 시를 쓰지 못해 결국 수많은 시를 쓸 수밖에 없는 운명을 선택하게 된 것이 바로 이 때문이다.

친구 덕분에 시인으로 불렸고, 이제는 친구의 이름을 다시 고향 공간에 남겨두게 된 시인이 있다면 우리도 어쩔 수 없이 그와 친구가 어깨를 걸고 있던 곳을 통해서 시인으로 불러보는 것이 타당할 것이다. 『난 아무 곳에도 가지 않아요』는 이처럼 온통 친구와 고향 제주의 자연과 역사가 어우러진 기록이다. 혹시 시인이 자신의 시 쓰기를 "아주 천천히 날아다녀도/ 알아보지 못하는" 미확인비행물체의 움직임과 같아서 "알아보는 사람도 있지만/ 미안해 죽겠"다는 생각을 하고 있다면(「UFO」), 이제는 다 알고 있다고 그리고 당신의 고향에 가서 우리도 당신을 시인으로 불러보겠노라고 말해주고 싶다.

난 아무 곳에도 가지 않아요

2018년 10월 30일 1판 1쇄 펴냄

지은이	현택훈
펴낸이	김성규
책임편집	조혜주
디자인	진다솜
펴낸곳	걷는사람
주소	서울 마포구 월드컵로16길 51 서교자이빌 304호
전화	02 323 2602
팩스	02 323 2603
등록	2016년 11월 18일 제25100-2016-000083호

ISBN 979-11-89128-16-6 04810
ISBN 979-11-89128-01-2 (세트)